Vente Thiers(?)
15 mars 1993
n° 151

Plan 51-52.

Texte et [illegible] les [illegible] Plan
[illegible] pays de [illegible] comme
Plan. 51 (Cité de [illegible] en
[illegible] du [illegible] Jean
le Puch à la [illegible])

Bringuenaril-

LE COVSIN GERMAIN
de Fessepinte.

On les vend à Rouen au portail des
Libraires, aux bouticques de Robert
& Iehan Dugort freres.

1545.

Pres que i'ay long temps diffe
ré d'escripre les grandes & admirables merueilles que i'ay
veues & cõgnues en plusieurs
& diuerses contrées & regiõs
tant par mer que par terre, ie
me suis deliberé de cõposer vn traicté faisant
mention d'icelles, contenant aulcune veritè,
laquelle ie suis deliberé d'ensuyuir, mais non
pas de si pres que ie luy monte sur les tallons
de sorte que ie luy fisse rompre les cour-
royes & les brides de ses pantouffles, au moyen dequoy ie soye contrainct de les luy re-
faire auec mes esguillettes, car ie n'en ay pas
trop. Toutesfoys mon intention est de la suy
ure vn petit à gauche sans la perdre de veue,
si d'aduanture ie ne tumboye en vn fossé en
la suyuant, & que ie me rompisse vne iambe
au moyen dequoy ie fusse contrainct de la
suyure à quattre pattes ou auec des potences
ou guynettes, comme ce vray prophete Ra-
got, car mon intention est de ne point eslon-
gner d'elle, pour chose que i'escripue comme
chascun pourra veoir à l'œil s'il n'est aueugle
pource que ie suis & veulx estre son principal
thresorier, & la seruir loyaulment, comme il

appartient à vn bon & loyal feruiteur, fanſ
rien prendre ny defrober du ſien furtiuemét
& malicieufement, au moyen dequoy elle
n'aura de ſe plaindre de moy, ny de moy faire conſtituer priſonnier. D'aduantaige ie ne
ſuis pas deliberé d'approcher ſi pres d'elle
que i'accroche ma robe à la ſienne comme
font les moutons aux ronces, aux eſpines &
aux groiſeliers, quand ilz ſ'approchent trop
pres des hayes, & de la paour auſsi que ie ne
luy enfarine ſa robe comme font les meulniers celles des dames de Paris, quand ilz paſ
ſent aupres d'elles.

❧ Epiſtre au lecteur faiſant men
tion des Hyſtoriographes qui
ont eſcript des merueilles
du monde.

Ource que pluſieurs Hyſtoi-
riés & Coſmographes ont deſ-
cript en pluſieurs Liures les
grãdes & admirables merueilles du mõde, nõ pas ſans men-
ſonges cõme il eſt aduis a pluſieurs, cõme à faiⷨ Pline en ſon liure de la
naturelle hyſtoire, Solin en ſõ liure des choſes memorables, Strabo en ſon liure de la ſi
tuatiõ du mõde, Luciã en ſõ liure des vrayes
narratiõs, Iehã de mãdeuille en ſon liure des
voyages. Et pluſieurs aultres aſſez grãs men-
teurs leſquelz ie ne vueil pas nõmer. pour le
preſent de paour qu'ilz ne me taxent de pareil crime ſi i'eſcriptz choſe qui ne leurſemble
pas eſtre vray. Toutesfois à iuger de mes eſcriptz ſans haine & ſans faueur on congnoi-
ſtra euidémét que ie ſuis le vray imitateur de
verité, & qu'en mes diⷨtz y a ſi groſſe apparẽ-
ce qu'il n'y aura nul qui les doibue ny oſe im-
pugner ſans reprehenſion manifeſte & ſans
en eſtre vituperè de tous vrays Hyſtoriographes, auſquelz ie cõmetz le iugemét dé ce preſent liure lequel i'ay cõpilé à groſſe peine &
labeur de peur de cheoir en aucune erreur,
car il n'y a gueres affaire à mentir qui ne s'en
donne bien de garde pour le iourd'huy.

R pour venir à la matiere dót
il est questió, il est vray que ie
me deliberay vn iour de voya
gen par la mer, pour veoir, enquerir, & perscruter les grandes merueilles qui y sont de la
grande diuersité des isles des monstres & des
bestes sauluaiges & marins que l'on voit en
plusieurs pays & regions estranges. & pour ce
faire i'ay faict equiparer vne nauire toute pro
pre, de sorte qu'il n'y failloit riens. Car pre-
mierement ie l'ay faict garnir de bonne &
grosse artillerie, pour assaillir & pour defendre si besoing estoit. Et apres ie la feis munir
de biscuyt, de vins de lards, de bœuf sallè &
bresil Et de toutes choses requises en tel cas
& affaire.

Vãdie vy que ma nef fut toute preste
& toute faicte, laquelle estoit grande à
merueilles, & nom pas si grande du
tout que celle que le Roy fait faire au Haure
de grace. Ie feis publier à son de trompe, que
s'il y auoit aulcuus gentilz côpaignons gens
de faict qui me voulsissent venir seruir que ie
leur donneroye si bons gaiges qu'ilz se tien-
droyent pour contentz, Incontineut le cry &
la publication ouye se retirerét par deuers
moy en mon Nauire cinq centz hommes de
sorte, tous essorillez gens de bien & bannis.

Et croyez qu'en tous les cinq centz il n'y
auoiç hôme qui eust aureille en teste nõ plus

qu'au fons de la main, non pas comme ilz di-
foyent qu'ilz euſſent perdus pour vertu qui
feuſt en eulx , Mais à cauſe qu'ilz ſ'eſtoyent
trouuez côme ilz maintenoyent vn iour qui
paſſa par la mer en l'iſle de Brigalaure, là ou
les charcuitiers & patiſſiers font les ſaulciſſes
d'aureilles, leſquelles ſôt fort bônes & frian-
des, à cauſe qu'elles font demy de chair & de
my de cartillage , qui eſt vne viande fort ex-
quiſe , par ce moyen auoient ilz perdu les an-
ces & eſtoyent tous demourez monnins &
fans aureilles comme les cinges .

⸿ Au regard de moy grace à Dieu i'en ay en
cor pres de la moytie d'vne qui m'eſt vn gros
& merueilleux honneur , car il appert par lâ,
que i'en ay eu autresfois. & que dieu m'a faict
& formé homme parfaict côme les aultres, &
nõ pas fans aureilles. Il eſt bien vray q̃ ce que
i'en ay pdu, ie l'ay pdu à quatre diuerſes fois.

⸿ Car quand ie perdy la moytié de la gauche
ce fut pour ce que i'eſtoys trop ſongneux de
me leuer au matin pour aller ouir les matines
& la premiere meſſe qui ſe châtoit en l'egliſe,

⸿ La ſeconde fois que ie fus reprins & que ie
perdy l'aultre moytie' fut á cauſe que i'eſtoies
trop friand de ſermons , & que i'eſtoye touſiours deuant la chaire du predicateur dequoy

chaſcun me blaſmoit fort.

℗ La tierce fois q̃ ie perdy la moytie de l'au
reille dextre, fut pource que i'alloye trop ſou
uent â confeſſe, & que i'y eſtoye trop emba-
tant dont ie fus lourdement reprins & redar
guè par meſſieurs noz maiſtres cõme ilz ont
accouſtume de faire en telz cas.

℗ La quatrieſme fois que ie perdis le bout de
la demye aureille dextre, fut à cauſe que le
iour du vẽdredy de la ſainƈte ſepmaine en
allât adorer la vraye croix en la ſainƈte chap
pelle à Paris, ie mis en la bourſe d'vn mar-
chand qui ne me debuoit rien, dix eſcus d'òr
leſquelz ie ne voulus pas reprendre quand il
me les voulut rebailler, dequoy les gens ſ'ap-
percheurent, dont ie fus fort blaſmẽ.

Ie croy bien que ſi i'euſſe eſté presbtre &
que i'euſſe confeſſé veritê, qu'il ne m'en fuſt
demouré non plus qu'a mes compaignons:
mais graces à Dieu ie reſchappay & fus qui-
te pour le bout que i'ay encor cõme il appert
Voyla les cauſes & raiſõs pour leſquelles i'ay
eſtè ainſi accouſtrè, ie vous dy afin que vous
vous donnez de garde de tumber en telz in-
conueniens, & que vous ne faciez pas comme
moy, mais que vous vous gardez touſiours le
mieulx que vous pourrez de bien faire com-

me i'ay faiɛt, & de rien debagouler pour les
grans dangiers qui en peuent aduenir.

¶ Commēt Bringuenarilles enuoya en la baſſe Bretaigne pour auoir vn truchement qui ſceuſt parler tous langaiges.

Vand ie vy ma nauire toute equippée, munie, & auitaillée de toutes choſes, & que i'auoye gens de bien & de defenſe, & qu'il ne reſtoit plus qu'auoir vn bon truchemēt qui ſceuſt parler toutes langues, i'en enuoyay querir vn cinquante lieues de là en baſſe Bretaigne. Car c'eſt de la que viennent les bónes langues & diſertes lequel

parloit septante & deux langues, auquel ie
donnay si bons gaiges, qu'il se tint pour con-
tent. Luy venu ie feis leuer les voilles & ap-
pareil de ma nef pour transfreter & nauiger à
toute diligence Si eusmes le vent à gré lequel
vint incontinent donner à la pouppe de nostre nef, de sorte qu'en moins de troys heures
nous feismes plus de trente lieues en cõptant
tout & vinsmes aborder en vne isle d'enuiron
cinquante lieues de long , & trente de large:
en laquelle auoit vne moult belle forest, plei-
ne de plus beaulx Ghesnes que lon eust peu
veoir, les plus chargez de glandz que ie veisse
iamais, au moyen de quoy nous penßõs bien
que ce fust terre ferme , & pource que les autres forestz du pays d'enuiron auoyent esté
toutes gellees & peries.
¶ Les habitans d'enuiron icelle mer auoyent
esté aduertis de la fertilité ou abondance du
gland qui estoit en ladicte forest. Parquoy ilz
auoient faict mener & passer tous leurs porcs
pour engresser , non aduertis ny expertz de
la perte & dommaige qui leur aduint par in-
aduertance , car icelle forest ne estoit aultre
chose qu'vne balaine grande & merueilleuse,
sur le dos de laquelle auoit creu ladicte forest,
Parquoy vne grande Vieille Truye & vn

grand verrard ayant les gueulles efchauf-
fées à caufe du gland fe mifrent à fouyr & à
fouiller aux racines des feugeres fi auant en
terre qu'ilz paruindrent iufques au dos de la
dicte balaine, & la mordirent par deffus l'ef
chine fi fort que de la douleur qu'elle fentit
elle dóna de fa queue & de fon balay, fi grãd
& fi merueilleux coup contre l'eaue qu'elle
la feit fortir & faulter en l'air plus d'vne lieue
de hault, en forte que nous qui eftiós en la
dicte foreft pour enquerir de ce qui y eftoit,
cuidafmes eftre tous noyez.

¶ Et pareillemét tous ceulx que nous auiós
laiffez en noftre nef pour la garder, de laquel
le nous auions mis & attaché l'ancre á ladicte
ifle en laquelle eftoit ladicte foreft que nous
penfions bien terre ferme & folide, laquelle
ifle fut fi fort efmeue & esbranflée du coup,
qu'en moins de vingt & quatre heures nous
fufmes portez plus de cent mille lieues, a cau
fe que ledict verrard & ladicte truye ne cef-
foient point de mordre ladicte balaine.

¶ Au moyen dequoy nous fufmes tranfpor-
tez es aultres pays d'Inde la maieur, & pareil
lement noftre nef & ceulx qui eftoyent dedans lefquelz penfoient eftre tous peris, &
nous auffi pource qu'elle alloit de telle impe-

ruoſité que ſi elle euſt rencontré en voye vne
demye douzaine de petis enfans elle les euſt
tous iectez ſur le cul, & croy que ſi vous y euſ
ſiez eſté, que vous n'euſſiez pas eu moindre
paour que nous euſmes.

¶ Ie prie à Dieu qu'il vous vueille preſeruer
d'vn tel peril. Ie vous aduertis que les bonnes gens a qui eſtoient les porcz les perdirét
tous, parquoy ilz furét contrainctz de man-
ger leurs roſtz ſans larder, & leurs pois ſans
lard, qui leur fut bien dur & bien eſtrange,
& auſſi à d'aulcuns frians comme moy, toutesfoys graces a Dieu, Finablement elle ſ'ar-
reſta par laps de temps.

¶ Au moyen dequoy nous leuaſmes noſtre
ancre, & rentraſmes tous en noſtre nef ſi fort
affamez que nous n'en pouyós plus. Et apres
que nous euſmes reprins noſtre repas, nous
regardaſmes en quelle mer nous eſtions par
noſtre direction & ſpecule, & par noſtre ſon-
de, ſi congneut noſtre patron & noſtre gou-
uerneur la ou nous eſtiós parquoy nous prinſ
mes ſi grand couraige eſperans encores retourner a port de ſalut, & q̃ de tout ne pouoit
que mal aduenir.

⁋ Commēt Bringuenarilles eſtāt ſur la Mer apperceut vn nauire auſsi grād ou plus que la ville de Paris.

OR pource que ſouuēt quand on eſt ſor-
ty d'vn peril, on chet en vn plus grand
& plus dangereux que le precedent.

⁋ Comme nous penſions bien eſtre quictes
& aſſeurez de toutes fortunes & aduerſitez,
& nous retirer ſans peril au lieu dont nous
eſtions partis, il aduint comme nous auions
faict voille & leuè noz appareilz, leſquelz a-
uoient eſté abatus pour euiter le dangier auquel nous auions eſté au parauant.

⁋ En retournant nous veiſmes deuant nous
en la mer, vne nef ſi grande & merueilleuſe

que nous penſions que ce fuſt vne bonne vil.
le auſsi grande ou plus que Paris, dedans laquelle eſtoit vn geant ſi grand & ſi horrible
qu'il donnoit paour & crainte merueilleuſe à
tous ceulx qui le veoyent, lequel ſe nommoit
Gallimaſſue, duquel pluſieurs gens ont aultresfois ouy parler.

¶ Il eſtoit de ſi grãde & de ſi admirable haul
teur, groſſeur & largeur, qu'il auoit'pl' en vne
iambe que les lacquetz de Gargantua & Pan
tagruel(deſquelz vous auez veu les hyſtoires)
n'auoient en tout le corps

¶ Il auoit les ortailz des piedz plus gros ſans
comparaiſon, que n'eſt la groſſe tour du boys
de vincenne, & le reſidu de tout le corps pro
portionné a l'equipolent.

¶ Lé nauire auquel il eſtoit, eſtoit l'arche du
deluge que Noé Ianus feit faire pour ſoy ſau
uer le temps paſſé luy & ſes enfans lequel il
auoit fait radouber & calfeutrer tout de neuf
comme il apparoiſſoit encore.

Il mengeoit à chaſcun repas plus de cinq cétz
mille hommes. Il ſ'echeut vne fois qu'il récon
tra vne nef, dedans laquelle il y auoit plus de
cinq centz tonneaulx de harenc de merque
mais il la degloutit, deuora & caſſa auecq les
dentz, & l'aualla tout net ſans maſcher auec

les mariniers qui estoient dedãs sans que aul
cun se peust iamais sauluer.

¶ Mais apres cela il eut ſi grande soif qu'il
rencontra vn nauire chargé de douze cents
tonneaulx de vin bastard, & de vin d'ande
louſie, & de maluoiſie, leſquelz pour la grãd'
ſoif qu'il auoit à cauſe deſdictz harencz qu'il
aualla nauire & vin, ſans qu'il en demouraſt
aulcune choſe, toutesfois il s'en trouuà aulcu
nement degouſté â cauſe des ancres qui ne
pouoyent paſſer par dedãs ſes boyaulx pour
la tortuoſité & reuolution d'iceulx.

¶ Il auoit pour medecin quand il eſtoit mal
diſpoſé vn ramonneur de cheminèes, auquel
il feit prendre vne longue eſchelle, & le feit
monter & entrer en ſon vẽtre par le trou de
ſon cul auecq ſa ratiſſoire, de laquelle il luy
ratiſſa les boyaulx & le vẽtre, & en deſcrocha
les ancres, les hunes & les maſts qui eſtoient
accrochez en diuers lieux de ſon ventre & de
ſes boyaulx, de ſorte qu'il monta par dedans
ſon corps, & luy ſortit par la bouche apres
qu'il en eut bien tout deſcroché, nettoyè, &
ratiſſé, & pour maladie qu'il euſt il n'auoit
iamais d'aultre medecine, ny auoit aultre me
decin.

¶ Iceluy Gallimaſſue n'auoit en ſadicte na

uire aucuns voiles n'y aucuns appareilz pour
conduire sadicte nauire par la mer, fors seule-
ment qu'il prenoit les deux pans de sa robe
qu'il estendoit au vent & s'accotoit d'vn pied
contre la proue, & le bout de deuant de son
nauire, & lors le vent qui luy souffloit au cul
par derriere le menoit là ou il vouloit aller.
Auec ce il auoit les aureilles larges de pl° d'vn
arpent, dedãs lesquelles le vent donnoit &
souffloit, de sorte qu'il n'y auoit nauire en tou
te la mer, combien qu'il eust de voilles qui al-
last plus viste que le sien, tãt fust biẽ equippè.
Et quand le vent luy failloit, & que la mer
estoit calme & paisible, que sa nef ne pouoit
aller auant par faulte de vent, il descendoit à
pied dedans la mer, & poulsoit sa nauire par
derriere, & la menoit & conduysoit la ou il
vouloit & cheminoit a pied sur la mer (combien qu'il fust gros & pesant) comme il eust
faict sur terre ferme a cause que les semelles
de ses soulliers estoient de liege, lesquelles e-
stoient larges chascune de plus d'vn arpent,
au moyẽ dequoy il ne pouoit enfoncer en la
mer, & par ce moyen il exploictoit tousiours
pays, & faisoit plus de chemin en vn iour que
les aultres en cent, a cause qu'il auoit les iam
bes fort longues, & qu'il marchoit en pas

de grue, en sorte qu'il faisoit a chascũ pas bien
trẽte lieues du mois. Il n'y auoit nauire en tou
te la mer, tãt fuſt biẽmuny ny equippè qui euſt
ſceu ny oſé approcher de luy Car quãd ilvoyet
aucunes fuſtes ou galeres ou aultres nauiresve
nir vers luy, il aualioit ſes chauſſes, & rebraſ-
ſoit ſõ cul qu'il tournoit vers ſes ennemys puis
ſouffloit & 'petoit du derriere De ſorte qu'il
ieꝗtoit leſdictes nefz & galeres á plus de cent
lieues de lá , & les briſoit & rompoit cõtre les
roches de la mer, parquoy il n'y auoit homme
tant fuſt hardy qui l'oſaſt aſſaillir par mer ne
par terre ne qui ſceuſt approcher de luy , ſ'il
n'euſt voulu, a cauſe du vent qu'il luy ſortoit
du trou du cul, ſoubz le nez de vous, tant ſouf.
floit fort , Ie veis vne foys qu'il feit vne roſte.
mais il en ieꝗta par terre plus de huiꝗt mille
maiſons d'vne bonne ville qui eſtoit bien á
trente lieues de la. Ie luy ay aultres foys veu
rompre vn maſt de Nauire d'vng morueau
quand il ſe mouchoit & le vent de ſes narines
ieſtoit par terre vne tour auſsi groſſe qu'vne
des tours de noſtre dame de Paris. qui eſt vne
choſe fort difficille a croyre qui ne l'auroit
veu, comme moy & maiſtre Thiburce Dia.
riferos , qui eſcriuoit ſoubz moy ces mer -
ueilles.

q   B

Quant il vouloit affamer vng pays, il ne faisoit que souffler au derriere côtre les moulins
à vent, parquoy il les iettoit tous par terre, &
les rompoit & bresilloit tous par pieces moul
nier & tout. Au regard des moulins â eau il
les noyoit & faisoit aller aual l'eau quand il
pissoit au dessus. Il monta quelque fois amôt
vn fleuue enuirõ dix lieues iusque à l'endroiêt
d'vn lieu ou l'on passoit au basteau, & la s'en-
dormist sur le bort dudiêt fleuue, & lors le
membre luy dressa, en sorte qu'il s'estédit iusques à l'aultre riue au trauers l'eaue, & demoura ainsi toute la nuiêt. Lors vn charetier
venant bien tard du boys auec son chariot à
quatre roues, & à quattre cheuaulx tout char
gé de fagotz, entra dedans son membre si a-
uant, que le cheual de deuãt vint iusques aux
genitoires, qui ne pouoit passer : parquoy il
fut coutrainêt de demourer toute la nuiêt â
cheual auec son fouet au poing iusque au len
demain que Gallimassue fut esueillé, lequel
pensoit auoir la grauelle, parquoy il se mit a
pisser. Et lors pissa le chariot a recullons tout
le premier & puis les cheuaulx & le charetier
tenant encor son fouet au poing, lequel fut
presque noyé â cause de la grande abondance d'eau qui luy sortoit du corps & de la ves-

fie, & fans les fagotz le charetier, le chariot &
les Cheuaulx euffent eftè noyez , & ainfi le
debuez croire.

☙ Cõmēt les poulles & poulfins croif-
foient au ventre de Gallimaffu e.

OR eft ainfi qu'il aymoit fort les œufz,
parquoy il luy en failloit à chafcun repas bien le nombre de cinquante mil-
liers pour le moins, car il les aualloit fans maf-
cher comme poys crudz tous entiers fans caf-
fer, pource qu'il auoit les dentz groffes & lon
gues. A cefte caufe quand ilz auoiēt eftè trois
iours entiers en fon ventre, lequel eftoit fort
chauld, les poulfins & les poulletz luy for-
foient du trou du cul tous efclos de forte

que vous en euſsiez bien mengé. Les vngs
couroient apres luy , les aultres auoyent en
cores le bec au cul , & les aultres n'eſtoient
encores qu'a demy eſclos , & le corps a demy
dedans ſon ventre . Quand ilz auoient froid.
il les couuroit de ſon manteau pour les reſ-
chauffer, lequel eſtoit plus large que toute la
la ville de Paris (voire troys foys plus pour le
moins)ſ'il eſtoit bien meſuré

¶ Comment Gallimaſſue fut aſſail-
ly des portugaloys, & comment il aual
la leur n auire á belles dentz.

IL y eut vne foys vn nauire de Portugaloys
qui deſlaſcherent leur artillerie contre luy,
mais il en recepuoit les boulletz à la main

comme pelottes, & leur reiectoit si rudement
qu'il en effondra & rompit tout leur Nauire.
Et pource qu'ilz font fiers & qu'ilz se disent
Roys de la mer, par despit il print leur nauire â belles dentz, & l'aualla toute entiere fans
mascher. auec tout ce qui estoit dedans dont
il se trouua fort mal , car á ladicte Nauire y
auoit plus de cinq centz marmotz, & autant
de cinges qui luy faultoient dedans le ventre
incessamment de forte qu'il penfoit auoir les
auiues. Au moyen dequoy fut contrainct de
fair e descendre fon medecin. C'est ascauoir ledict houffeur & ramonneur auec vn foüet, lequel les luy feit fortir à grans coups de foüet
par le trou du cul , dont les aulcuns fe cache-
rent á l'vmbre du poil qui lá estoit puis en fai-
fant vne vesse les iecta tous en la mer.

☛ Comment les coqs, chappons
& poullailles chantoient de-
dans le ventre de Galli-
maffue.

ET pource que souuétesfois tous les poul-
sinsqu'il esclouoit ne sortoyent pas tous
hors de son ventre, mais demouroient de
dans son corps, la ou ilz croissoyent si grãds
qu'ilz estoient coqs parfaictz, parquoy quand
il bailloit, vous eussiez ouy plus de cent mille
coqs chanter dedans son ventre si melodieusement que vous eussiez pensé que ce eussent
esté orgues trompettes, saquebutes, buccines,
& haultzboys tant chantoyent doulcement.
Au temps que i'enuoyay mon truchemét par
deuers luy en ambassade, à cause qu'il parloit
bon Crailleboys, qui estoit le langaige mater-
nel dudit Gallimassue, il estoit despité contre
lesdictz coqs, pource qu'ilz l'empeschoient de
faire sa digestion à cause de leur plume, parquoy il demanda conseil á mon truchement

qu'il feroit bon d'y faire. Lequel luy confeilla
d'auoir vn regnard tout vif, lequel il l'auallaſt
tout entier, ſans le bleſſer, & que ſans point de
faulte il les luy feroit ſortir tous hors du corps
ou qu'il les eſtrangleroit tous ſans en laiſſer vn
ſeul en vie. Cela qu'il feit, dont il ſe trouua
fort bien, parquoy il me manda par ledict truchement qu'il eſtoit â mon commandement
luy & ſes biens.

☙ Comment Gallimaſſue rencontra vn moulin a vent, lequel il aualla tout entier auee le moulnier & ſon chien.

OR eſt il ainſi comme on dict en vn com
mun prouerbe, qu'il n'eſt ſi foible ne ſi
fort, ſ'il eſt tué qui ne ſoit mort. Il aduint vne merueilleuſe aduenture audit Gallimaſſue, dont il ne ſe doubtoit point, car cóme

il estoit vn iour au bort de la Mer pres d'vn
moulin á vent, auquel il y auoit vn gros ma-
stin de chien, lequel ne cessoit d'abbayer apres
ledit Gallimassue, parquoy il ne pouoit repo-
ser ne nuict ne iour dont il fut si fort despité
que par fureur & ire il ouurit la bouche si grã
de qu'il degloutit & aualla ledict moulin tout
entier (sans rompre ne casser aulcune chose)
auec le meulnier & son chien tout en vie tant
auoit la bouche grande & fendue, parquoy
vous pouez tous croire qu'il eust bien aual lé
vn noyau de cerise tout entier.

¶ Et pource qu'il auoit les narines propor-
tionez á la bouche, & que le vent donnoit dedans, ledict Moulin moulcit & tournoit en
son estomach comme s'il eust esté en pleins
champs, toutesfoys il print bien audict meulnier de ce qu'il auoit encor force sacs pleins
de bled, parquoy il laissa tousiours mouldre &
tourner ledict moulin.

¶ Ce nonobstant quand il n'eut plus que
mouldre le feu se print es meulles & brusla ledict moulin dedans le vêtre dudict Gallimassue parquoy il tumba en fiebure cõtinue, tant
â cause du feu, que du clacquet d'iceluy moulin. Il mourut le iour mesme qu il trespassa,
toutesfois ledict meulnier & son chien se saul

nerent par les Narines qui demourerent ou-
uertes, & pource que l'asne du meulnier rompit son licol, il s'en courut a tous les dyables a
pres son maistre a trauers champs & vous apres

◗ D'vn pays ou la terre est si fertille
qu'elle produit par chascun an plus de
mille moulins â vent, ensemble les
meulniers & les asnes tous pro-
pices pour porter la farine.

IL aduint du depuis a cause de la Mort
dudict Gallimassue yng aultre cas si merueilleux que ie ne vous en ose rescrire la
vérité de paour que ne disiez que ie mens,
[combien qu'il soit vray .] C'est qu'au lieu

ou ledit Gallimaſſue mourut, & qu'il fut bruſ
lé, la greſſe penetra ſi auãt en la terre, qu'elle
entra & paruint iuſques aux enfers , en ſorte
qu'elle bruſla les eſpaules de Lucifer, à cauſe
qu'il eſtoit enchainé au fons d'enfer, & qu'il
ne ſ'en pouoit fuyr.

¶ Au regard de ſes diſciples, ilz ſe ſauluerent
ou ilz peurent, mais non pas ſans eſtre fort
intereſſez en leurs berſonnes. La terre ou le
cas aduint demoura ſi graſſe & ſi fertile qu'el
le produyt par chaſcun an plus de mille mou
lins à vẽt, auec les moulniers & les aſnes tous
propres a ſeruir auſdictz moulins, Les gentilz
hommes du pays en vont achepter ce pẽdant
qu'ilz ſont encores, petitz, deuant qu'ilz ſoiét
venus en maturité & à perfection, & les font
mener en leurs terres & ſeigneuries ſur des
brouettes, puis le font planter & lors qu'ilz
ſõt deſia grãdz & parcruz, il ne leur fault que
tourner les æſles vers le vent. & lors ilz meu
lent & tournent comme ceulx de pardeca.
Le ſeigneur à qui eſt la terre ou ilz croiſſent
en recoipt par chaſcun an vn merueilleux ar
gent de ceulx qui les vont acheter car lon en
meine par mer & par terre vn nõbre infiny.

De la mer des Farouches ou les gẽs font veluz comme ratz, & de leur maniere de faire.

Pres auoir veu toutes ces chofes, & que nous penfions bien eftre quictes de tous perilz & dangiers, nous cheufmes en vn aultre peril plus grand que tous les aultres que nous auions paffez, comme vous orrez. Car en paffant par la mer des Farouches, qui font gens veluz comme ratz, & de telle couleur, qui habitent en cauernes au fons de la mer, efquelles ilz fe cachẽt de paour d'eftre mouillez quand il pleut en hyuer, & en efté de paour du foleil, lefquelz apperceurent l'vmbre de noftre Nauire paffer par deffus

lefquelz apperceurent l'vmbre de noftre nauire paffer par deffus eulx , & fortirent en fi
grand nombre côtre nous,que nous cuidions
tous eftre perdus d'abordée car ilz rampoient
& grauiffoient auec les ongles amont noftre
nauire,de forte qu'il en eftoit tout couuert, &
fi n'euft efté q̃ mes gés eftoiét gés de bié & de
deféfe,& qu'a grãds coups de hallebardes, de
voulges, de picques,& de haches d'armes,ilz
les abatoient en la mer plus dru que mouches
nous eftions tous perdus,mortz, & noyez,&
pareillemét noftre nauire fans qu'aucun nous
euft peu fecourir ny fauluer.

❡ De la futbilité des Farouches,com-
me ilz fe plongent dedans l'eaue quánd
lon tire de l'artillerie,& comme ilz
font difficilles á prendre.

ON dict communémēt qu'a quelque cho
ſe eſt malheur bon, mais ie l'apperceuz
a ceſte heure là, car bien me 'print que
mes gens n'auoiét point d'aureilles, & qu'ilz
eſtoient tous de ñouueau tóduz, parquoy ilz
ne les ſcauoient par ou prendre pour les ie-
ċter en la mer, ſur laquelle iceulx Farouches
ñouent comme canards, & ſe plongent dedans quand on les péſe tuer de traiċt ou d'ar-
tilerie a feu, au moyen dequoy noz ſerpenti-
nes, canons, bombardes & harquebouſes ne
nous ſeruoyent de rien : car voyant que la
mer eſtoit toute couuerte d'iceulx Farouches
qui eſtoient ainſi animez & acerez contre
nous, ie me retournay vers Dieu, qui n'oublie iamais ſes amys & bons ſeruiteurs au be
ſoing, & lors m'inſpira & āuertit d'vn reme
de ſingulier pour euader hors des mains &
des dentz d'iceulx Farouches, car alors que
nous n'en pouyons plus, & que nous eſtions
las de nous combatre contre eulx, ie m'adūi-
ſay (moyennant l'inſpiration diuine) que
les Chauldieres, Potz de cuyure, & marmit-
tes de noz cuiſinnes eſtoient au feu tous
pleins de brouetz & eaues chauldes, ſi com-
māday a mes gens qu'auec leurs ſalades & ſe
crettes ilz ieċtaſſent tous leſdiċtz brouetz

& eaues chauldes impetueufemēt fur eulx ce
qu'ilz feirent, parquoy ilz en bruflerent & ef-
chaulderent tant & eu fi grand nōbre que ce
fut vne chofe merueilleufe , A cefte caufe ilz
furent contrainctz de foy retirer & de nous
laiffer en paix, pource qu'ilz n'auoient iamais
fentu eau chaulde en la mer . Par ce moyen
nous leur pelafmes la tefte & le dos, en forte
qu'ilz ne nous oferent plus approcher ny fuy
uir. Ilz ont grans dētz & longs cōme allefnes
pour prendre les poiffons en la mer dequoy
ilz viuent & mengent á la mouftarde (comme
nous faifons les andouilles ou le bœuf fallè)
quand ilz font en leurs cauernes & maifons,
au fons de la mer. laquelle eft là endroict plus
de troys cés toifes de profond. S'ilz nous euffent prins & vaincus, ie croy qu'ilz nous euffent menez prifonniers en leurs cauernes au
fons de la mer . qui nous euft eftè fort eftran
ge, pource que nous n'auions point accouftu-
mé ny apprins à boire eaue fallee, toutesfoys
[grace à Dieu] & au moyen de noftre vail-
lànce qui n'eft pas petite, nous efchappafmes,
& efperans toufiours trouuer quelque bonne fortune ce que nous feifmes puis apres
comme vous orrez.

ℂ Comment en vne isle il ya des gens que lõ nõme andouilles de douze piedz de long, lesquelles arracherent le nez a aulcuns des gens de Bringuenarilles.

Nuiron l'heure de mynuict que nous pensions estre encor en la mer d'iceulx Farouches, le vent nous fut ag greable que nous vinsmes aborder es isles de Luquebaralideaulx, esquelles habitent les andouilles, qui sont si grãdes enuiron de douze piedz de lõg & de haulteur, & ont des dentz moult trenchantes & agus. & vont par grans trouppes parmy icelles isles comme grues ou moutons, & d'abordee qu'elles nous veirent descendre hors de nostre nef, elles vindrent contre nous par moult grande impetuosité, saultãt en l'air

comme mytaines, en sorte qu'elles arracherêt
les nez d'aulcuns de mes gens, a cause qu'elles
ne les pouoyent pas prendre par les oreilles,
ny par les cheueulx, pource qu'ilz n'en auoiêt
point, au moyen dequoy ilz demeurerêt tous
camus, dont ilz estoyent fort honteux. toutes
foys nous prismes grãd couraige à grãs coups
d'espées á deux mains nous les trenchions a
trauers du corps pour ce qu'elles n'auoyent
nulz os, & les mismes toutes en fuyte, finõ cel
les que nous tuasmes, car elles demourerent
mortes: & n'eust esté vn gros fleuue de moustarde qui vient d'vne fontaine laquelle sourd
de dessoubz vn rochier de Pierre grise de la
couleur de moustarde, la plus forte que iamais
hõme goustast, lequel fleuue court par le mylieu & tout a trauers d'icelles isles, nous les
eussions toutes mises á mort, mais elles se iecte
rent dedans iceluy fleuue duquel elles ont ac
coustumè de boire, & nouerent oultre.

¶ Aulcuns de mes gens se iecterent apres
pour les suyuir, & principallement ceulx à qui
elles auoyent arraché le nez, car ilz estoyent
fort animez contre elles, Mais pource qu'iceluy fleuue est de moustarde la plus forte que
ie vy iamais & que elle leur entroit en nouãt
dedans les troux des narines, ilz furent con-

trainctz de soy retirer, pource qu'ilz ne pouoyent souffrir ny endurer la force de la moustarde dudit fleuue, & qu'ilz auoyent les nez
de nouueau arrachez.

❡ Comment Bringuenarilles com-
manda que lon recueillist lesdictes an-
douilles qui auoyent esté couppees,
pour metre à la nauire pour nour-
rir & substanter ses gens.

Vand nous veismes que nous ne leur
Pouyons aultre mal faire, nous delibe-
rasmes en nous mesmes de nous
en retourner amasser toutes celles que nous
auyons tuées, & les sallasmes tresbié, & les por
tasmes en nostre nef, Puis les fismes seicher,
les vnes á la fumee, les autres au soleil. Et les

nous feruirent bien puis apres. Si elles ne fe
fuffent fauluêes audict fleuue, nous en euf-
fiõs emply tout noftre nauire, & vous en euffions apporté pour veoir & mõftrer de quelz
volumes ilz font & pour vous donner enuie
d'en menger, car elles font fort bonnes.

ↂ Commẽt Bringuenarilles feit faire
la monftre de fes gens, pour fcauoir s'il
en auoit beaucoup perdu, & comme il
arriua au pays des Lanternes, & d'vng
feftin ou banquet triumphant que feit
la royne des Lanternes

Oyant les perilz & dangiers defquelz
nous eftiõs efchappez, ie feis fortir tous
mes gens de ma nauire, pource qu'il
me fembloit que nous eftiõs à feureté, & leur

feis faire la monftre pour fcauoir fi aulcuns a-
uoient point efté mis à mort & deuorez par
icelles andouilles, comme elles ont faict autresfois à d'autres quád elles ont efté les mai-
ftreffes, parquoy ie vous confeille que fi vous
y allez que vous portez voz efpées â deux
mains pour vous defendre, car c'eft vn fort
bon bafton en telle guerre. Lors ie feis appeller & compter tous mes gens, fi trouuay que
puis mon partement ie n'en auoye perdu vn
feul, dont ie remercye Dieu, lequel nóus
auoit tous fauluez & gardez de quelque peril ou aduerfitez que nous euffions iamais eu.
Puis tranfmis oultre, & tant exploictafmes
nuict & iour, que nous arriuafmes à Lanternoys, qui eft le pays ou les Lanternes habitent, duquel Lucian faict mentioa en fon liure des vrayes narrations.

¶ Or eftoit il enuiron la my may au iour pro-
pre que la royne faifoit fa grand fefte & fo-
lennité de fon natal, a cefte caufe nous fufmes inuitez & femondz au feftin & banquet
qui fut fi triumphant & fi magnificque, que
ie ne vous en ofe pas bonnement defcripre
la pure veritè, de paour que i'ay d'en mentir,
car à celluy iour eftoient affemblées toutes les Lanternes du monde, comme vous

pourriez dire les cordeliers en leur Chapitre
general, pour traicter des negoces & affaires
desdictes lanternes, & de leur royaulme.
Elles furent toutes en procession en belle or
dre deux a deux, chantant si melodieusement
qu'il n'est possible de iamais ouyr plus doulce armonie.

❡ Les vnes iouoyent des haulxboys, les autres de saquebutes, doulcines, clairons, trompettes & cornetz d'yuoire, & marchoyent de
uant sonnant si doulcement, que vous n'eussiez pas ouy le ciel tonner,

Elles marcherent toutes en tel ordre iusques
à ce qu'elles fussent toutes entrees dedans la
grand'sale du palays de la Royne, la ou les
tables estoyent dressees & preparèes pour le
festin & banquet,

Et apres qu'elles furent toutes entrèes nous
entrasmes par commandement en ladicte sal
le. Lors la Royne nous feit dire par nostre
truchement, lequel parloit bon Lanternoys,
que nous n'eussions aucune crainte, & lors
que nous fusmes tous entrez, les portes furent fermèes.

Puis fut baillé á lauer à la Royne, puis a chascun en son ordre selon sa dignité, & a nous
aussi pareillement.

LA Royne fut aſsiſe en vn hault throſne
eſleué en vne chaire couuerte de Drap
d'or, la couronne ſur la teſte, vn ciel de ſa-
tin cramoyſi, broché de fin or de Cypre en-
richy de fines pierres precieuſes, comme
Eſcarboucles, Eſmerauldes, Rubys, Dyamãtz,
Ematiſtes, Aquilins, Birilz, Griſolites, Agat-
tes, Granatz, Saphirs, Citrins, Aletoires. Co-
raulx, Iacinte, Balays & Turquoyſes, Cra-
pauldines.

¶ I celle Royne voyoit de ſon throſne tous
ceulx & celles qui eſtoient en la ſalle, en laquelle auoit a trauers vne table de marbre en
laquelle eſtoyent aſsiſes les dames du ſang, &
les plus prochaines parentes de la Royne, cha
ſcune en ſon ordre ſelon ſon degré & qualité

19

lesquelles il faisoit moult bon veoir. La royne
& les dames du sang auoyent toutes leurs
robbes de fin voirre clair & resplendissant à
grandes bandes de plomb.

¶ Les autres auoyent robbes de fines cornes
bandèes de boys bien vny & rabottè, les aucunes les auoyent bandees de fer blanc & les
aultres àuoyent robbes de vessies de porc ou
de bœuf, les aultres de boyaulx. & les aultres
de toille, & les aultres de papier,

¶ Quand elles furent toutes assises seló leurs
dignitez, on leur apporta a chascune pour en
trée de table la belle grosse chádelle de mou
ton, aussi blanche cóme belle neige, celle de
la royne estoit plus grosse q̃ nulle des autres.

¶ Elles furent toutes allumées, & lors rendirent si gráde clartè & lumiere, qu'il sembloit
que lon fust en plein midy La royne futser
uie la premiere de Goabins, qui est vne viande fort exquise au pays de Lanternoys, car ie
n'en vy iamais ailleurs.

¶ Les autres dames du sang pareillement.

¶ Les aultres furent seruies de bourbousses,
qui ne sont pas si cheres ne si fortes a trouuer
que les Goabins.

¶ Elles eurét des nudrilles bouillies en eaue
froide de paour qu'elles ne sentissent la fu-

mée,& puis apres des hannicroches rosties
auec charbon & glace de paour qu'elles ne
leur bruslassent les dentz.

¶ Et apres elles furent seruies de triquedon-
daines frittes,& cela desseruy on leur apporta des pastez d'agobilles,lardées de farouare
lequel est fort cher ,car il n'en croist gueres
en France.

¶ En apres elles eurent des triquehouses far
cies de triquebilles,consequemment on leur
presenta des marmelottes & des cancreuides
rosties en la broche entre deux platz, auec
des farsignolles sallées de pouldre à canõ de
paour de la colicque,car elles font bon vétre.

¶ Elles eurét aussi force minehardes poul-
drèes de gringuenauldes fines . & pour la
quarte afsiette elles eurét des halledosses aux
grumelins,auec les dadiffles chauldes.Puis les
marrouffles,& les croquignolles, puis furent
apportez les barcotins & firelimouzes , & les
barbeloufses succrez de poix raisine fresche.

**❧ Comment apres qu'ilz eurent soup
pé & faict grand'chere,la Royne com
máda leuer les tables,& cõme la royne
dansa vne basse danse a quatre parties.**

20

L E festim & banquet acheué, la Royné commanda oster les tables, afin qu'on dansast & ballast pour passer temps, & incontinent qu'elles furent leuées, elle dansa vne basse danse à quattres parties, ie vous pro metz qu'il la faisoit fort bon veoir. car elle auoit bonne contenance. Elle menoit vn fal lot, lequel faisoit merueilles de danser & saul ter sur vn pied de boys, Ie ne scay pas si c'e stoit son mary, car ie ne les vy pas coucher en semble, toutesfoys qu'il y auoit plusieurs pe tites lanternes fort ieunes, & encor en bas aage à ceste cause ie croy qu'elles estoyent fil les des grandes, Il y en auoit en la cuisine, d'aultres qui estoyent fort cassées & brisées lesquelles no' ne vismes pas. Ie croy q̃ ce estoiét

celles qui l'auoyent les escuelles,& qui seů
uoyent de faire la buee,

⁋ Comment on danssa vn bransle, au
quel vne des damoyselles de la Royne feit vn sault merueilleux, dont elle
demoura pendue au hault de la salle.

L A premiere danse faicte, les menestriers
sonnerent vn bransle, auquel toutes les
dames se misrent a danser, & troufferent
toutes leurs robbes & cottes par deuant.
Lors se misrêt â faire gābades & foublessaultz
de sorte qu'elles ie ɛ̃oyent les piedz iusques
au plancher. Fallotz saultoyent, lanternes cul
butoient cul par sur teste comme si ce fussent

ii

tumbereaulx de versbrie. Ie vous certifie que
si vous les eussiez veues cóme nous, vous vous
fussiez signez de la main gauche de paour de
la gresle. Elles s'entretenoyent par dessoubz
les bras, & faysoien t saulter les vnes les aultres si hault en l'air, qu'il y en eut vne qui effondra le plácher de dessus la salle de sa teste
& demoura pendue par le menton, au moyé
dequoy la feste fut toute troublèe Toutesfois
elle fut descrochèe & portée en sa chambre
toute pasmée & esuanouye. Ie ouy la Royne
qui la réprint & la blasma fort de sa legiere-
tè, car elle fut en dangier que sa chádelle fut
estainéte, & qu'elle perdist, sa lumiere & sa
clarté, & qu'elle demourast aueugle. Les ciur-
giens de la royne luy misrent des huylles de
roses, de lys, & de myrtes, auec la laine a tout
le suif soubz la gorge, dont elle fut guerye.
Au moyen dequoy elles se prindrent toutes
a danser de rechief.

Les six visaiges.	La marquise.
Le roage,	Si i'ay mon ioly téps
Le trehory de Bre-	perdu.
taigne.	L'espine.
Les crapauldz & les	C'est á grand tort.
grues.	La frisque.
La gaillarde.	Par trop ie suis bru[q]

nette.

De mon triste & des
   plaisir.
Quand m'y souuient.
La galiote.
La gotte.
Marry de par sa féme.
La gaye.
Mal maridade.
La pamyne.
Katherine.
Sainct Roch
Sancerre,
Neuers.
Picardie la iolye.
Curez venez donc.
Ie demeure seule es-
   garèe.

La meusque de bis-
   caye.
L'entrée du fol,
A la venue de Noel.
La Peronnelle.
A la bannye.
Gouernail.
L'heure vient.
Le plus dolent.
Mes plaisirs chantz.
Mon ioly cueur
Bon pied, bon œil.
Hau bergere m'amye
Touche luy l'anti-
   quaille.
Baille luy bransle à la
   tisserande.
La pauenne.

¶ Qui sont toutes dãses pour saulter & pour
gãbader, nous les regardasmes iusqs en la fin
Puis la royne feit apporter le vin & les happe
lourdes côfictes en ius de gramelotte & de lé-
bourdes, & force grimaces salèes, rosties aux
raids de la lune de paour du hasle, lesqlles sôt
fort sauoureuses, & quãd chascũ en eut pris ce
ql luy pleut, la retraicte fut sôneepquoy la roy
ne prit vn fallot p dessoubs les bras leql auoit

le semblât d'estre hôme de biê, ie ne scay pas
si c'estoit son mary, mais tât ya qu'il se retira
quâd & elle, toutesfois elle enuoya grâd nô-
bre de fallotz pour nous conuoyer iusques en
nostre nauire & feit emplir tous noz flaschôs
& barraulx de bourbelot, qui est breuuaige
fort exquis en Lanternoys. Ie croy que si vn
homme s'en yuroit, qu'il deuiendroit Lanterne, i'eu grand paour que mes gens ne s'en ga-
stassent, toutesfoys (grace a Dieu) tout se porta bien, & n'en vint aucun inconuenient.

¶ Côment Bringuenarilles feit rêuer-
ser les Vvatlouphes. côme lon faict vn
brodequin, ou les chausses des femmes
& côme son grâd pere auoit voulu faire
paindre ses armes de trois pedz volâtz.

DV depuis nous fufmes par quelque téps vagans fur la mer, fans auoir aucun infortune, mais tantoft apres nous l'eufmes bien grande & bien merueilleufe, car la tourmente fe leua' fi horrible que nous fufmes iectez entre les Syrtes, qui font les plus grãds & enormes perilz de toute la mer, au moyen defquelz noftre nef fut brifée & rompue en plufieurs endroictz, car comme nous péfions euiter l'enorme peril de Caribdis, nous tombafmes en celuy de Scilla, auquel nous fufmes fi fort agitez des vndes de la mer qui f'efleuoyent plus haultz fans comparaifon que noftre nauire, de forte que nous penfions eftre tous mortz & noyez.

¶ Et lors que ie vy que la tourmente ne ceffoit point, ie priay à mes gés qu'ilz fe miffent tous en priere & oraifon, & qu'ilz ieunaffent trois iours & trois nuictz côme ceulx de Niniue, c'eft affcauoir le premier & le fecond iour à feu & â fang, & le tiers à fer efmoulu.

¶ Cela faict, Dieu qui n'oublie point fes amys au befoing, voyant que pour mefchantz gens nous eftions fi gens de bien, nous iecta & preferua hors d'iceluy peril, parquoy nous tirafmes oultre, & feifmes racoutrer & calfeutrer noftre nauire pour grande feureté.

22

¶ Toutes fois ignorans du grand peril qui
nous eſtoit encores a aduenir comme vous or
rez, Nous tiraſmes oultre, & viſmes aborder
en l'iſle des marannes en laquelle ſont les
vvarlouphes, qui ſont beſtes grandes & mer-
ueilleuſes cõme lyons, ilz ſont veſtus d'eſcail
les cõme ſont carpes. Mais elles ſont ſans cõ
paraiſõ plus grandes &plus dures que le plus
dur acier du monde, car elles ſont trépees en
ius & en ſang de cotton & d'eſtouppes.

¶ Quand elles nous apperceurent la ou
nous eſtionsſortys hors de noſtre nauire, elles vindrent contre nous la gueulle ouuerte
grande comme vn four a ban, pour nous de-
uorer & engloutir tous vifz, parquoy ie feis
deſlacher à mes gentz toutes leurs haquebut
tes & harquebouſes contre eulx, mais tout ce
la n'y ſerui de rien, car leur eſcaille eſtoit ſi
dure & ſi eſpoiſſe que noz boulletz & plom
bees n'euſſent ſceu prendre deſſus, parquoy
ilz reialiſſoyent vers nous.

¶ Lors quand ie vy cela, i'eu merueilleu-
ſement grand paour, parquoy ie dis à mes gés
qu'ilz prinſſent couraige & quilz miſſent les
bras iuſques aux eſpaulles dedans les gueulles deſdictz Vvarlouphes ſi auant qu'ilz les
prinſſent par la queue, & qu'ilz les tournaſſét

le dedans dehors comme lon faict les brode-
quins, ou comme faict vne femme sa chausse
quand elle chasse aux puces. Ce que mes gens
feirent, & moy aussi á tous ceulx qui vindrent
pour nous courir sus, au moyen dequoy nous
eschapasmes,

¶ Et ce qui m'en aduisa fut pource que i'auois
aultres foys ouy compter á mon pere grand
qu'il auoit faict le cas pareil â vng loup qui
vouloit prendre & emporter l'vn de ses petis
enfans, la ou le bon homme se chauffoit aupres de son feu du temps des Angloys.

¶ Il me compta aussi qu'il auoit faict, vne
foys vng si gros ped. qu'il en auoit faict enfuyr
bien trente loups, qui couroyent de nuict le
pays de Beauuoisy & en amenoient quinze ou
seize vaches qu'ilz auoyent desrobees & prin
ses pour butin. Lesquelles ilz chassoyent deuant eulx & par deuant vng boys, & pour
icelle vaillance il voulut faire paindre en ses
armes troys pedz volantz.

¶ Il parla á plusieurs painctres pour faire
lesdictes armes, lesquelles il leur declaira.
C'est ascauoir qu'il vouloit dedans vng Es-
cusson, Le champ de Gueulles, & au mylieu
troys pedz volans. Les painctres luy en feirét
vn pourtraict qu'il trouua assez bon, mais la

ziece leur faillit a tous au plus fort de sa be-
songne, car nul d'iceulx painctres ne sceuret
iamais inuéter ne dire de quelle couleur est
vn ped, ne celluy mesmes qui les vouloit faire
paindre, pquoy l'œuure demoura imparfaicte
¶ Et quant il fut mort il donna charge à ses
heritiers de faire paindre lesdictes armes, ain
si que plus amplement on pourra veoir par
son testament.

¶ Commét Bringuenarilles nauiga
rat qu'il trouua vne mótaigne de beur
re frais, & aupres d'icelle vn fleuue de
aict portant basteau.

Pres les grándes & diuerses infortunes
que nous auions portées & souffertes
ignorans en quelle terre & cótrée nous

nous debuſons retirer pour eſtre aſſeurez &
quictes d'aduerſitez par cas fortuit, nous arri
uaſmes comme Dieu le voulut es iſles fortunées, deſquelles Ptolomee, Strabo, & pluſieurs
aultres Coſmographes parlent & font mention en leurs liures, deſquelles iſles ie crainds
moult d'en dire la verité, de paour d'en men
tir, car au vray dire c'eſt vne choſe admirable
& fort merueilleuſe à croire, & n'eſtoit que
vous ſcauez bien que ie ne ſuis point men-
teur ne controuueur de bourdes, bien a peine
me croiriez vous.

¶ Car en icelles iſles entre les aultres choſes
dignes de memoire, il y a vne grâde & exceſ-
ſiue montaigne toute de beurre frais le plus
beau & le meilleur dequoy iamais hôme gou
ſtaſt, laquelle eſt cômune à tous ceulx & celles qui en veullent prêdre. Ie ne la vouldroys
pas enſeigner aux Flamens, car côbien qu'el
le ſoit grande, ie croy qu'ilz la mettroyent
àfin.

¶ Du pied de celle Montaigne ſourd vng
grand fleuue tout de laict, portant baſteau cô
me la riuiere de Seine, le plus doulx & le pl'
gras que iamais bouche d'Homme ſcauroit
menger n'y gouſter.

¶ Du long d'iceluy fleuue vers Soleilleuant

D i

il y a vne aultre merueilleuſe montaigne de
bien cinquante lieues de long, toute de farine,
auſſi blanche comme belle neige , ou comme
vous pourriez dire le fin ſablon d'Eſtampes,
laquelle eſt commune a tout le monde.
I l en prend qui veult, elle ne couſte qu'a bou
ter dedans le ſac,

⸿ De l'aultre coſte d'iceluy fleuue , il y a
vne Fontaine groſſe a merueilles de laquelle
ſourd vn aultre gros fleuue tout de poys coul
lez au lard tous chauldz deſquelz moy & mes
gens mengeaſmes tant qu'aucuns d'iceulx
[ſoubz le nez de vous] chierent en leurs
chauſſes , de ſorte qu'ilz les rendoyent par le
collet de leurs pourpoinct, au moyen dequoy
aucuns furent malades iuſques a la mort.
En iceluy fleuue croyſſent les andouilles ſal.
lées toutes freſehes, de la longueur de quarante ou cinquante toyſes du moins, les meilleures que iſmais homme mengeaſt : mais il les
fault faire cuyre auec leſdictz poys qui les
veult trouuer bonnes . Elles n'ont nulz os
non plus que celles de Millan , & ſont ainſi
fermes & ſolides.

⸿ Nous en empliſmes le bas de noſtre Nauire & les couppaſmes par troncons de la lon
gueur de cheurons, que nous entaſſaſmes les

vngs sur les aultres comme busches de moule,
les troncons sont plus gros que vne grosse
tonne à harencz soretz.

℟ Mais que nous faisons nostre festim & banquet ioyeulx, s'il vous plaist de vous y trouuer
nous vous en donnerons.

℟ Sur la riue d'iceluy fleuue il y a de grans
arbres qui sont verds en tout temps, comme
sont Houlx Lauries, ou Cerégiers, plus haultz
& plus esleuez que les plus haultz sapins que
vous visiez iamais, lesquelz portent vng fruict
long d'enuiron troys Toyses qui est comme
casse fistulle, & y en a de masle & de femella.
Dedans les cosses des masles croyssent les
Boudins tous rostis, & dedãs des celles femel
les croyssent les Saulcisses toutes chauldes
& toutes rosties.

¶ Quand l'on en veult mãger il ne les fault
que escoffer comme lon feroit febues, nous
en fifmes bonne prouifion d'efcoffez, & à ef-
coffer, pource que nous ne fcaurons ou nous
nous pourrions trouuer.

¶ Audict fleuue de laict il y a des anguilles,
des lamproyes, & des gongres qui ont bien
vne grande lieue de long, auffi blanches que
belle neige.

¶ Ie feis mettre vne faulciffe à vng gros hain
auec vne corde que ie feis iecter audict fleuue, mais il vint incontinent vne anguille longue de plus de mille toifes, qui aualla hain &
faulciffe, parquoy elle demoura prinfe & ac-
crochée, mais il nous fallut auoir vn cabefté
pour la tirer hors de l'eau & du fleuue.

¶ Et pource faire nous fufmes tous empef-
chez, & ne la cuidafmes iamais tirer.

¶ Quand elle fut hors, ie la feis efcorcher &
en feis feicher la peau au foleil, & d'vne partie ie feis faire des voiles à mon nauire, pource que les vieilles eftoyens fort rompues &
caffées pour la tourmente que nous auions
eu en diuers lieux de la mer.

¶ De l'aultre partie mes gens feirent faire
des hallecretz, & des mãteaulx, & des cappes
à l'efpaignolle, & en furent tous reueftus &

chauſſez dont bien nous print, car nous en a-
uions tous bon beſoing.

¶ Sur leſdiƈtz fleuues n'y auoit aucuns mou
lins à vent, ny à eaue, car les habitans du pays
n'en ont que faire, a cauſe de ladiƈte montai
gne de farine en deſcendant vers la mer, du
long d'iceulx fleuues tãt de laiƈt que de poys
coulez au lard.

¶ Nous trouuaſmes vne belle & grãde chã-
païgne, la ou ceulx du pays plãtent les œufz
â la houe comme lon faiƈt les febues en Frã
ce auec vne cerfouette, leſquelz œufz germẽt
en la terre, & ieƈtent vne tige haulte de plus
d'vne lance, laquelle produiƈt des coſſes longues d'vne toyſe, & y a en chaſcune coſſe trẽ
te ou quarante œufz du moins.

¶ Deſquelz ceulx du pays viuẽt, car ilz n'ont
point d'aultre fruiƈt que leſdiƈtz œufz leſqlz
ſont plus gros ſans cõparaiſou que les œufz
d'vne oye, & ſont fort bons, & de bonne di-
geſtion, & engendrent bõ ſang cõmè ie ſcay
par experience. Le pays eſt nommé par les
habitants L'iſle des Coquardz.

¶ Cõment Bringuenarrilles árríua en
vn pays plat q n'eſt point labourè mais
ſort fertile, la ou croiſſent les paſtez

chaulds, & d'vne nuée dõt tũbent les
allouettes toutes rofties, & cõme lon y
couure les maifõs de tarteletes chaudes

DE l'aultre part del'vn defditz fleuues il y
a vn aultre grand pays plat qui eft, fort
fertil, mais il n'eft point labouré, toutes
foys il y croift fi grande abondance de petitz
paftez tous chauldz, que c'eft vne chofe incre
dible, & viennent en vne nuiƈ cõme les cham
pignõs, & ceulx du pays ne viuent d'aultre
chofe, car incontinẽt qu'ilz font leuez au ma
tin' ilz les vont cueillir par grandes panne-
rées comme ilz feroyent frefes. ou champi-
gnons. Si tous les frians de Lyon y eftoient ie
croy qu'ilz en grefferoyent bien leur lippes,
& leurs barbes, car ilz font fort bons.

℃ Tous les matins enuiron soleil leuant il se
lieue vne grande nuée fort espesse,de laquelle des que le soleil donne dessus les allouettes
en cheét toutés rosties,& ne fault que ouurir
la bouche, car elles tumbent toutes chauldes
cedans,mais il fault porter du sel qui les veult
menger sallees, pource qu'il n'en croist point
au pays,à cause que l'air y est trop doulx .

℃ Du long des hayes dudict pays (lesquelles
sont d'arbres comme groiseliers) croissent les
tartelettes & flannetz tous chaulds , desquelz
les bonnes gens du pays vsent pour yssue
de table,

℃ Il y en croist en si grande abondance que
on encouure les maisons au lieu de tuylle ou
d'ardoise. Les petitz enfans du pays ne se des
ieunent d'aultres choses.

℃ D'vne isle ou croissent les corbeaulx
& les chieures verdes,& de quelles sorte les gentilz hommes du pays font
des manteaulx pour se couurir
quand il pleut & com-
ment en fin lesdictes
chieures deuien
nent femmes.

Ntre les merueilles de pardela. C'eſt qu'il
y á de grands corbeaulx noirs, auſsi blácz
que ſignes qui viuent en l'air comme vaches, qui eſt vne choſe digne d'admiration.
Et d'auantaige il y a foiſon de chieures verdes qui ont les aureilles plus larges que les
vens dont on venne le bled,

℄ Quand il pleut ou qui greſle, ceux qui les
meinent paiſtre ſe cachent deſſoubz de paour
d'eſtre mouillez de la pluye.

℄ Elles ſont cornues, mais elles ont la corne
au cul ſoubz la queue, qui n'eſt pas droicte-
ment au bon ſens,

℄ Quand elles voyét les gens, elles s'enfuy ét
de paour, & courent fort comme eſcreuices ou
lymaſſons es montaignes de Auuergne.

℄ Quand elles ſont vieilles, les gentilz hom-

mes du pays leur font coupper les aureilles &
en font des manteaulx qui font fort beaulx,
car ilz font plus fins verds que le plus fin velours ou fatin que vous veiſsiez iamais.
¶ Apres qu'elles ont les aureilles couppèes
elles deuiénent fémes, & font nómees chieures
coeffees. Il y a plufieurs folz q en fót fi amou-
reux, qu'ilz en perdét les piedz, cóme fót les
amátz lefquelz baifent fouuét la clicquette de
la porte de celles qui péfent eftre leurs amyes
¶ De li'fle des papillós, & de la mani-
re dót les gés du pays fót les maifons &
habitatiós, & eglifes, & cóe les grues
vollent en l'air toutes rofties par bédes

IL y a en aucuns quartiers defdictes ifles
des papillons qui ont les aíſes fi grandes

qu'on en faict les æsles des moulins à vent, &
les voiles des Nauires. Lesquelz papillons a-
pres qu'ilz ont perdu les æsles,, & qu'ilz sont
muez, ilz deuiennent cerfz grand & cornus.
esquelz sont fort dangereux & mauluais a
rencontrer, ilz se nomment cernupetes.

¶ Le pays & la terre sont si gras & si fertiles
que tout ce qui y croist vient comme par despit. Et entre les aultres choses les courges ou
curcubites y croyssent si grandes & si grosses
qu'ilz en font les maisons & les eglises apres
qu'ilz en ont osté tout ce qui est dedans, &
qu'ilz les ont faict seicher,

¶ Les habitans du pays demeurent dedans
comme ilz feroyent les grandes maisons ou
chasteaulx, car ilz font des portes, des huys, &
des fenestres comme nous faisons en noz maisons par deca.

¶ Il les faict fort bon veoir apres qu'elles
font dressées debout, car le bout denhault sert
de clocher ou de cheminees, comme vous
pouez ymaginer, ou y allez veoir si ne m'en
voulez croire, car ie vous assure que ie n'en
mentz d'vn seul mot.

¶ Vous verriez voler en l'air les grues par
moult belles & grandes bandes toutes rosties
& toutes lardées, en sorte qu'il ne reste qu'a-

uoir du fel & du pain pour menger auec,
mais il y a bien maniere de les prendre, car
elles volent fort hault.

℘ Touresfoys pour les prendre ilz ont des
gerfaulx qu'ilz laſchent en l'air auec leurs fon
nettes, & quand ilz ſont au deſſus d'elles en
l'air ilz les font deſcendre en bas, & puis ilz
les prennent â la courſe & les mengent comme i'ay dict.

℘ Cõment Bringuenarilles voulut vi-
ſiter plus amplement leſdictes Iſles, &
des troys fleuues ſinguliers qu'il trouua
& des arbres ou croyſſent les craquelins & eſchauldez.

OR pource que les Geographes &
Coſmographes font groſſe eſtime

30

d'icelles isles nous les voulusmes bien perlu-
strer & visiter toutes d'vne part & d'autre.
Et en ce faisant nous trouuasmes en icelles
isles troys grands fleuues cóme le Rosne ou le
Rhin, d'vne merueilleuse estimation.

¶ Car l'vn est de vin blanc le meilleur que
iamais homme goustast,

¶ Le second est de vin clairet le plus excellét
qu'il est possible trouuer en tout le monde

¶ Le tiers est de vin vermeil qui passe en bon
té tous les vins Bastardz, tous les Ambrossa-
des, maluoysies, & tous les Ypocras qui fussent
iamais.

¶ Et y a du long d'iceulx fleuues des hays
d'arbres comme rosiers, ausquelz croissent les
petis gasteaulx, craquelins, Eschauldez, & petis choux, les plus frians & sauoureux que iamais homme goustast.

¶ Et pareillement le mestier & les oublies de
toutes sortes. Et ne couste sinon à prendre
& à cueillir comme vous feriez les roses sur
vn rosier sur les bords & riues d'iceulx fleuues
vous trouuerez les Godetz & les Tasses de
Beauuais arrengez pour boire sans auoir la
peine de vous mettre a genoulz, le cul en
hault comme font les bergiers quand ilz boy
uent en vng tu, ou en vne fontaine quand

font aux champs.

¶ Et d'aduantaige pour emporter d'iceulx
vins il y'a de grãds arbres pleins d'estocz auf-
quelz pendent les Flascons, Barilz & bou-
teilles de toutes fortes, lesquelz chascun peult
emplir d'iceuluy vin, & emporter la ou il luy
plaist & veult, toutesfois les meilleurs pour ce
faire font noz beaulx Flascons de Beauuais
qui font azurez & bons à merueilles, & fe gar
de mieulx le vin en iceulx longuement frais
& fans corrompre, commei'ay touſiours ouy
dire â ceulx de noſtre ville de Beauuais & à
ceulx de Saniguie, & de Leraule, qui font
les lieux la ou on les faict.

¶ De l'iſle ou croiſſent les formaiges
de toutes ſortes.

¶ Il y a auſſi pluſieurs autres ſortes d'arbres

21

grands & haultz côme noyers, côtre lefquelz
croiffent les angelotz fins, & les fromaiges de
toutes fortes, comme vous auez veu autrefois
les fauges croiftre côtre les noyers, contre les
ormes ou côtre les bouleaulx, & font cômuns
a tout le monde qui en veult prendre,

¶ De l'ifle ou croiffent les efpées, &
pongnards, coufteaux, grans &
petis de toutes fortes.

L y a auffi d'aultres arbres qui ne font pas
grans, lefquelz portent des coffes longues
& courtes, dedans lefquelles croyffent les
Efpées, les Eftocs. Verduns, fang de dè, Pon-
gnardz courtes Dagues, & les Coufteaulx
grans & petis de toutes fortes.
Et quand on f'en veult feruir, il ne fault que

coupper vn peu de la coffe, & lors vous trouuerez les Coufteaulx & aultres baftons telz
que vouldrez, foit pour plumer du fromaige
pour chiqueter ou coupper vos habitz , vos
chauffes ou voz pourpointz côme ie voy faire
fouuent a vn tas de folz qui n'ont pas du pain
pour mettre en leurs dents . Mais telz habits
leur font bons pour paffer leur hyuer.

¶ De troys ifles ou croiffent les mytai
nes les mouffles , les botynes, les noms
des capitaines defdictes ifles .

N icelles ifles en montant amont contre bas , il y a troys autres ifles, en l'vne
habitent les mytaines , en l'aultre les
mouffles, & en l'aultre les botynes ,

⌐Elles ont chascune son capitaine & duc
pour les conduire & mener en bataille.
Celuy des mytaines se nomme mytouart.
Et celuy des mouffles se nomme moufflart.
Et celuy des botynes se faict appeller Boytart. Ilz sont fort craintz & obeys chascū en
son pays. Entre icelles mouffles ie congneuz
pardela la mouffle a fagoter du bon homme
Hannot, qui faisoit les fagotz d'espines en sō
téps, pour chauffer le four en nostre quartier
   Et la cause pour la quelle ie la recōgneuz
fut pource que ie l'auoye maintesfois veue en
ma ieunesse, & pource aussi qu'elle estoit de
cuyr de cerf, & estoit longue iusques au coul
de. Des qu'elle me veit, elle me vint accoler
& embrasser la larme aux yeulx, pource qu'il
luy souuint de son maistre, lequel elle auoit
long temps seruy.
   ⌐Elle me compta comment elle s'estoit re
tiree pardela auec ses parens, apres que son
maistre fut allé de vie a trespas, & me pria fort
d'aler boyre de son vin en son logis, dont ie
la remercyay.
   ⌐Elle ne voulut point abandonner ma cō-
paignie de paour de la perdre.
   ⌐Il y auoit merueilleuse controuerse entre
elles pour scauoir laquelle nation des trois

debuoit preferer, Au moyen dequoy nous
estans par dela fut crié ban & arriere ban , &
la Guerre ouuerte a feu & a sang tellement
que nous les veismes en cháp de bataille auec
leurs capitaines Mytouart, Moufflart, Boytart
se prendre aux cheueux & aux aureilles pour
ce qu'ilz n'vsent point de ferrement ny de ba
stons , toutesfoys il y eut du sang respandu
tant d'vn costé que d'aultre si largement que
les fleuues en estoyent aussi rouges que la bel
le eaue claire d'vne fontaine & n'eust esté que
moy & mes gens nous mismes auec noz hallebardes entre les troys armees qui les sepa
rasmes, c'eust esté pitie de l'occisió qui y eust
esté mais nous les feismes retirer chascun en
son quartier , dont ilz nous sceurent bon grè,
nous faisant à tous la moue.

¶ Et pource que nous auions laissé de noz
gens pour garder nostre Nàuire nous amplis-
mes plusieurs flascons, barilz, ferrieres & bou-
teilles d'iceluy vin pour leur porter auec force craquelins, oublies, gasteaulx, Eschauldez,
& fromaiges, dont ilz s'emplirent si fort qu'ilz
s'en yurerent & dormirent plus d'vn Moys
sans resueiller, parquoy nous fusmes cótrainct
de leur bouter le feu au cul , car nous auions
paour qu'ilz ne mourussent en Lytargie sans

ſamais reſueiller.

℃ Nous paſſaſmes d'vn fleuue en l'aultre en
des baſteaulx que nous feiſmes de moytié de
coſſes de febues, car elles croyſſent ſi grandes
que nous eſtions bien trente â paſſer en la
moytié d'vne.

Des iſles fortunèes & heureuſes la ou
croiſſent les laictues, les choulx, & aultres herbes grandes â merueilles, Plus
il y a des Arbres ou croyſſent les doubles ducatz nobles â la roſe, Eſcus
au Soleil, & aultres pieces
d'or, & de la monnoye,

L Es terres qui ſont entre deux fleuues
ſont ſi fertiles que tout ce qui y croiſt eſt
exceſſiuement en grand' ſorte qu'il y a

des laictues & des choulx si grans que s'il y en
auoit vn planté au mylieu de Paris, il donne-
royt vmbre â toute la ville, en sorte qu'on seroit à couuert dessoubz comme en la salle dū
palays, ou comme dedans l'eglise de nostre
dame de Paris.

¶ Vous pouez bien croire que icelles isles ne
sont pas nommees pour neant ny sans cause
les isles fortunées & heureuses, car il y a des
choses fort merueilleuses & difficilles à croire
qui ne les auroit veues. Et entre les aultres
choses dignes de memoire il y a des grans arbres côme chesnes ou noyers qui portent vn
fruict gros côme la teste d'vn asne, rouge par
dehors comme grenades, lequel est tout plein
de desirèes, Doubles ducatz, Nobles a la rose,
escus au soleil & de toutes autres especes d'or
monnoyé qui croyssent dedans iceluy fruict,
comme sont les pepins dedans vne grenade,
ou dedans vne Figue ou vne courge.

★ Ledit fruict ne tumbe iamais de l'arbre
iusques a ce qu'il soit meur. Il y en a aulcu-
nesfoys de vereux qui ne sont pas de fin or
comme vous voyez les Philippus, les Florins,
& les aultres pieces de bas or.

¶ Il estoit enuiron la my aoust quand nous
arriuasmes par dela, qui est la saison que le

fruict eft meur,parquoy nous feifmes monter
l'vn de nos gens deffus l'vn des plus grás arbres qui y fuft pour le crouler & hocher.
Lequel le fcouet fi fort qu'il en tumba de fi
gros,& en fi grande habondance qu'ilz tue -
rent plufieurs de mes gens tant eftoyét pleins
de pieces d'or , car ilz eftoyent trop curieux
& trop couuoiteux de recueillir d'iceluy fruict
Les habitans du pays n'en tiennent non plus
de compte que font les Pourceaulx par dela
de poires molles: Quand ilz cheent de l'arbre
fur la terre ilz f'efcachent & ouurent par pieces ' comme font les Figues quand elles font
fort meures,ou comme font les poires molles
foubz les poyriers ou figuiers . Nous les per-
ceafmes du bout de nos efpees & pongnards
& les coufifmes a nos iacquettes, & a nos ha-
lecretz & hocquettons plus pres l'vng de l'au
tre & plus drus qu'efcaille de poifon,parquoy
il fembloit qu'ilz euffent cru fur nos habille-
mens. Ie vous prometz que fans point de veritè, que nous y en coulfifmes tant que nous
ne les pouoyons fouftenir ny porter.
℟ Ie vouldroye qu'vn tas d'auaricieux &vfu
riers publicques fuffent par dela pour les recueillir , & qu'il leur en feuft cheu de fi gros
fur la tefte qu'ilz les euffent affommez cóme

pourceaulx afin qu'ilz feuffent raffafiez,

¶ Et pareillement vn tas de mefchans gens
infatiables qui n'auroyent pas affez de tout
l'argent du monde, & neantmoins n'empor-
teront qu'vng drap ou vne corde & chaine
de fer.

☜ Des ifles ou n'y a point de femmes.
& comme quand les habitans du pays
font fort vieilz & ennuyez de viure on
les boute dedans vn grand tōneau plein
de maluoifie doulce comme fuccre &
la meurent bien doulcement, & comme apres qu'ilz font mortz lon en re-
faict d'aultres icunes gens.

Esdictes isles n'y a point de femmes pour
ce q̃ lon n'y en a que faire ny pour porter enfans, ny pour tirer les vaches a cau
se dudict fleuue de laict & de la montaigne
de beurre frais qui y sont ny pour faire ven-
denges car il n'y a nulles vignes à cause des
fleuues de vin qui passent parmy, & tout à
trauers, & du lõg du pays depuis vn bout iuſ
ques à l'autre.

Il y a d'aduantage esdictes isles vne fontaine
grande & merueilleuse, de laquelle sourd la
maluoisie la plus exquise & la plus friande
qui fut iamais beue.

⸿Et quand les bonnes gens du pays sont ſi
vieilz qu'ilz sont ennuyez de viure, lon em-
plit vne pippe dudit vin qui est ſi doulx que
plus, & les met on mourir dedans afin qu'ilz
ne sentét ny seuffrét point de mal pour l'o-
deur, pour la force, & pour la bõtè dudict vin

⸿Et quand ilz sont mortz on les retire &
puis on les faict seicher au soleil comme les
merlus parez, ou cõme la dent ou le stocfy en
flandres, & apres quilz sont bien secz on les
faict brusler & mettre en cendre, laquelle on
paistrit auec le blanc & glaire des œufz & du
brouillamini lesquelz on malaxe tout ensemble comme paste, & quand tout cela est bien

courroye & paiſtry enſemble, lon en met de
gros loppins dedans des moulles qui ſont telz
& ſemblables qu'ont aultresfois eſté iceulx
defuntz auant leur mort. Et lors qu'ilz ſont
bien imprimez & bien formez pour leur in-
ſpirer vie, lon a vn gros chalumeau, & leur
ſouffle lon au cul, & a force de leur ſouffler
on leur inſpire vie, & congnoit on que lon a
aſſez ſoufflè quant il ſiblent ou qu'ilz eſter-
nuent, & lors ilz ſe leuent le cul deuant com
me les vaches, afin qu'il ſoyent plus heureux.
Et incontinent ilz ſ'en vont ou bon leur ſem
ble, comme ilz fayſoyent au parauant qu'ilz
fuſſent mortz.

¶ Il y en eut qui nous dirent qu'ilz auoyent
là eſté plus de cèt fois mortz, & plus de cent
fois ainſ eſtè ieĉez en moulle, par ce moyé
ilz ſont pardurables & eternélz, & n'ont que
faire de femmes au pays qui leur eſt vn gràd
bié, car ilz ne ſont point técez ny battus quàd
ilz iouét, ou qu'ilz vót a la tauerne cóme ſont
ſouuenteſſoys d'aucuns de par deca.

¶ Il eſt bien vray que ſi aucuns d'eulx veu-
lent changer d'eſtat & vacation apres que
ilz ſont refondus, ilz le peuent faire.

¶ Pource que vous me pourriez demander,
Capitaine, qui leur fille du linge, des chemi-

ſes,des draps,& des napes par dela ? Ie vous
reſponds qu'il y a des arbres au payſ, deſquelz les vns portent l'eſcorce plus fine, plus
blanche,plus belle & plus deliée que toutes
toilles,ny que tous les taffetas du monde , &
vſent de cela au lieu deſdictes toilles ou taffetas. Et quand ilz en ont affaire, ilz ne font
que eſcorcher iceulx arbres . Il y en a d'aultres deſquelz l'eſcorche eſt fin velours, fin ſa-
tin,ou fin damas de toutes couleurs,deſquelſ
chaſcũ peult prẽdre tout ainſi qu'il luy plaiſt,
& en fait ſes habitz telz que bõ luy ſemble,&
quand iceulx arbres ont eſté ainſi eſcorchez
l'eſcorche leur reuient de rechief plus belle &
plus fine qu'au parauant,car par ce moyé ilz
n'ont que faire de femmes pour porter enfans pour filler,pour tirer les vaches,ne pour
vendenger,ie ne vous en vouldroye pas men
tir car i'ay bons teſmoings aſſez en ma com-
paignie qui ont veu toutes ces choſes comme
moy,& qui ſont dignes de croire comme ie
ſuis. Ie ſcay bien qu'il ſemblera a d'aucunes
gens qui n'ont rien veu que ie mentz,mais ie
vo' aſſeure pour verité qu'il eſt vray.Et pour
ce croyez tout fermement que tout ce que ie
vous en ay eſcript eſt pure verité & qu'il ſoit
ainſi qu'elle ſoit fine , premier que la mettre

au moulin, apres qu'elle fut bien vannée, &
la feis cribler, & apres qu'elle fut moulue &
en farine, ie la feis feicher, & puis buleter
par deux fois, au moyen dequoy il ne se peult
faire qu'elle ne soit fine & nette, car s'il y euft
eu tant foit peu de menfonge elle fuft paffée
par le crible. Ou fi elle euft efté trop groffe,
elle fuft demourée au facz, ou aux bulefteaulx
côme vous pouez bié croire & côiecturer par
mes raifons qui font vrayes & bien apparétes
¶ Or vous fcauez qu'il y a au monde d'aufsi
grans méteurs qu'en lieu ou vous fcauriez aller, qui difent des chofes qui ne fôt pas vrayes
femblables ny conformes a raifon, pour laquelle chofe euiter, & de paour de encourir
l'indignation & la haine des gens de bien, ie
me fuis gardè de dire la verité de plufleurs
chofes, (Quia veritas odiû parit), Pource que
dient les clercs que verité engendre haine, &
aufsi que pour dire verité on eft aucunesfois
pendu. A cefte caufe ie m'en fuis abftenu le
plus que i'ay peu, pour euiter tous inconue-
niens, parquoy fi on ne me faict bien grand
tort ie croy qu'on ne m'en pendra pas.

D'vne petite iſle ronde, toute cloſe &
enuironnèe de fours chaulds , qui ſont
pleins de paſtez de diuerſes ſortes , cõme de chappõs, de venaiſon, de pigeõs
de veau, de bœuf & mouton.

Vand nous euſines bien tout viſité &
enquis toutes les merueilles d'icelles
iſles fortunèes, bien garnys d'argent & de tous viures, nous tiraſmes oultre,
& a vne petite iournèe de là nous veiſmes
vne petite iſle toute ronde qui n'eſt pas fort
grande, car elle n'eſt pas de grande ſpacioſi-
té, ny de grande eſtédue. Laquelle eſt moult
forte & quaſi imprenable, pource qu'elle eſt
toute enuironnée & cloſé de fours chaulds,
qui ont tous le cul tourne vers la mer , & les

gueulles vers la terre, & ny peult lon entrer
que par vne porte qui eſt grande & eſpoiſſe
& infrangible, Car elle eſt toute faiĉte de for
maige fondu, ſeichè & endurcy au ſoleil plus
que le plus dur acier du monde.

Les verroulx ſont tous de beurre de trois cul
ĉtes, qui ſont plus gros que la iambe de vng
homme.

¶ Icelle porte nous fut ouuertè par le por-
tier moyennant aſſeurance que nous luy pro
miſmes.

¶ Iceulx fours ſont touſiours pleins de paſtez de diuerſes ſortes.

Les vngs de chappon.

Les autres de venaiſon.

Les aucuns de veau.

Les autres de bœuf.

Les autres de mouton.

Les vngs au verdius de grain.

Les autres à la Ciboule, ou aux moyeulx
d'œufz. Deſquelz chaſcun prend tant & ſi pe
tit qu'il en veult

Et des que lon en a prins vng, il en ſourd vn
autre de l'atre du four tout nouueau en ſa
place, parquoy leurs fours en ſont touſiours
pleins.

Il y a fur la gueulle de chafcun four
vn efcripteau en groffe lettre, qui faict
mention de la forte dont font les paftez & dequoy, afin qu'on faiche mieulx choifir ceulx qu'on veult prendre
pour menger auec la foire a boire.

Vand nous fufmes entrez dedans icel
le ifle, qui fe nomme l'ifle de paftemol-
le, ie feis fonner toutes noz trompettes, clairons, haulxboys & faquebutes, fi
hault & fi melodieufement que pour l'armonie & fons diuers, iceulx fours fe prindrent
â danfer & a faulter fi hault en l'air qu'ilz
faifoient les fombreffaulx & les gambades,
plus hault en l'air que les tours de noftre da-

me de Paris·non pas iustement si hault, mais
il ne s'en failloit gueres. De laqͣlle chose nous
eusmes moult grand paour , car s'ilz eussent
saulté sur noz pieds c'estoit assez pour nous
escorcher les orteilz,pource qu'ilz sont fort
lourds & pesants, Et puis la saulce des pastez
nous eust tous gastez nous beaulx habits , &
eschauldé noz visaiges.

¶ Apres qu'ilz eurent bien saultè , dansé , &
baslé,ie feis cesser mes gents de iouer , pour
ce que iceulx fours estoyent fort las & tra-
uaillez,& quasi hors d'alaine, & puis se misrent a chanter de sorte que c'estoit vne chose
admirable de les ouyr,car ilz ont fort belles
voix & grosses,qui sont armonieuses & bien
entonnées.

¶ En icelle isle,qui a esté autresfois (comme
ie croy)separée par la mer d'auec les susdi-
ctes isles fortunèes,y a vng conuent de marmotz,comme vous diriez en l'isle d'oleron ou
de blanet vng conuent de bordeliers. Lesquelz marmots sont fort bons religieux & de
uots,& n'y habitent nulles autres gentz.

¶ Ilz viuent des pastez qui sont tousiours
chaulds esdictz fours,& font leur seruice en
marmotin,tellement que nostre truchement
ue les entendoit point, car il n'auoit iamais

eftè par dela. En icelle ifle nous ne veifmes
autre chofe de nouueau qui foit digne de
memoire.

D'vn ifle ou les habitâs tant hômes
côme les femmes font fort blâcs & de
beau tainct, & ont le cul plus net que
gens du môde, & de ce qu'ilz font pour
garder ❡ la mer n'entre dedâs leur ifle.

A V departir d'icelles ifles nous feifmes
bonne prouifion de paftez de toutes
fortes, & nous feruirent bien noz halle
bardes à les tirer hors des fours tous chaulds
& n'euft eftè cela, nous euffions eu grand'pei
ne á les auoir fans nous efchaulder ou bruffer
Toutesfois tout fe porta bien.

¶ Et lors tirafmes vers Occidét iufques oultre Hirlande le fauluaige , & arriuafmes en
vne ifle enuironnèe de la grand' mer occeane
en laquelle font les gens blancs â merueilles,
lefquelz ont le cul plus net que gens du môde,au moyé que la mer y flue & refluc deux
fois que de nuict q̃ de iour,qu'il n'y a en icelle aulcune defenfe pour garder q̃ la mer n'en
tre dedãs,& qu'elle ne la couure à caufe qu'il
n'y a nulles duues , ny nulles bigues pour la
garder d'entrer.Parquoy les habitans tant hô
mes que femmes font contrainctz de foy ar-
renger tous pres de l'vn de l'aultre & fe ioin-
dre enfemble les culz rebraffez,afinque quãd
la mer vient,elle leur donne le flu aux culz
par trois fois,& par ce moyé elle eft côtrain-
cte de s'en retourner fans pouoir paffer oultre,à' caufe qu'ilz font ainfi ioinctz & ferrez
enfemble.

¶ Et par ainfi gardent ilz la mer d'entrer &
de gafter leur ifle , & voyla la caufe pour laquelle ilz ont le trou du cul net , ce que peu
de gens ont.

¶ Et vouldrois que vous le fceuffiez bié,afin
de fçauoir fi ie ments.

¶ Toutes les deffufdictes chofes bien en-

tendus par Bringuenarilles il commanda à
son Truchement luy monstrer le tout par
escript, afin qu'il le peust mettre a vous mes
treshonnorez lecteurs & auditeurs.

¶ Briguenarilles apres qu'il a longuement voyagé il faict icy vne declara-
tion en la source des ventz, comment
ilz sont enfermez quelque foys aux cauernes, & les noms d'iceulx.

R pour nous retirer de tant
de perilz & aduersitez, en-
quoy nous auions esté, pensat
fuyr tous dãgiers, ie feis leuer
l'ancre de nostre nauire & feis
dresser les voiles a plein vent

pour plus faire de chemin par la mer, enlaqͤlle
chofe faifát aps auoir nauige enuiró cét lieues
nous veifmes les ifles Eolides, defͣlle s Eolus
eft le feigneur & maiftre & le repute ló pour
dieu, á caufe qu'ilz tient illec les douze vents
principaulx enfermez en diuerfes cauernes
foubs haults rochiers en des caiges. Lefquelz
vents ont leur regard es quatre diuerfes parties du monde, & ont diuers foufflementz &
bouffements contraires les vns aux aultres'
Et d'iceluy Eolus & d'iceulx vents parlent
Ariftote, Pline'Bocace, & Fulgence.
Gat de la partie orientale foufflent Subfela-
nus, Vulturnus, & Sirrus.
De la partie du midy foufflent Notus, Affri-
cus, & Aufter. A caufe duquel eft nommee
la region Auftralle. De deuers Septentrion
foufflent Chorus, Boreas, & Aquillon
Et de l'Occident foufflent Libautus, Libs.
Grafeas, Eparcitias, Nifes, Penicus, auecq le
merueilleux Tiphon qui arrache & rompt ar
bres par forefts. Et la aufsi eft le furieux
Enephius qui bruffe & ard Villes, Citez. &
maifons par ou il paffe.
Et n'eftoit que ledict Eolus, qui eft le Dieu
des ventz les garde de fortir, ilz gafteroient
tout par ou ilz pafferoyent.

F

Toutesfoys il y a vng grand & gros leuier de
boys plein de nœuds & d'eſtocs , & croy que
c'eſt la maſſue d'Hercules, de laquelle frappe
& rue ſur iceulx vents pour les garder de ſortir le plus qu'l peult,

¶ Ce nonobſtant aucunesfoys ce pendant
qu'il entend aux vngs les aultres ſortent &
courét ſur la terre & ſur la mer, de ſorte quilz
la font bruyre & eſcumer ſi hault que c'eſt
vne choſe horrible & eſpouentable á veoir &
ouyr, comme i'ay veu & ouy autresfois au per-
tuys d'Autruche & de Maumuſſon , eſquelz
lieux la mer ſe bat l'vne contre l'aultre, de ſorte qu'on l'oyt de plus de dix lieues loing.
¶ Iceulx rochiers & cauernes, eſquelles ſont
detenus iceulx vents, ont plus de dix grandes

lieues de hault , & sont toutes creuses & pleines de cauernes par dessoubz.

⸿ Illz font la dedans vn bruyt & vn tonnoirre si grand & si merueilleux qu'il n'y a hôme tant soit hardy qui ne tremble a les ouyr.

⸿ A ceste cause feis mettre mon nauire de sorte que nous eusmes le vent en pouppe, au moyen dequoy nous fusmes incontinêt eslongnez desdictes Eolides, & en peu de temps nous arriuasmes(moyennant l'ayde de dieu) à port de salut,faisant grant chere & chantase qui s'ensuyt.

Saulter,danser,faire des tours
Et boyre vin blanc,& vermeil,
Et ne faire rien tous les iours
Que compter Escuz au Soleil,

⸿ Comment Briguenarilles de sa langue couurit toute vne armee:& de ce que falourdin veit dedans sa
bouche.

A Infi que Bringuenarilles auecques toute fa bande entrerent es terres des Dip-
fodes, tout le monde en eftoit ioyeux,
& incontinent fe rendirent a luy : & de leur
franc vouloir luy apporterent les clefz de tou
tes les villes ou il alloit, exceptez les Almyro-
des qui voulurent tenir contre luy & feirent
refponce a fes heraulx, qu'ilz ne fe rendoyét,
finon a bonnes enfeignes,

¶ Quoy, dict Bringuenarilles, en demandent
ilz meilleures que la main au pot, & le verre
au poing? Allons, & quon me les mette a fac?
Adonc tous fe mirent en ordre comme deli-
berez de donner laffault.

¶ Mais ou chemin paffant vne grande cópai-
gnie, furét faifiz dune groffe houfee de pluye.
A quoy cómencerent fe trefmouffer & fe fer-

rer lung laultre, Ce que voyant Bringuenarilles leur fift dire par les Capitaines que ce neftoit rien: & qu'il veoit bié au deffus des nuèes
que ce ne feroit qu'vne petite roufee, mais à
toutes fins qu'ilz fe miffent en ordre , & qu'il
les vouloit couurir. Lors fe mirent en bon ordre & bien ferrez , Et Bringuenarilles tira fa
langue feulement a demy , & les en couurit
côme vne geline faict fes poulletz . Ce pendant ie qui vous fais ces tant veritables contes
meftois caché deffoubz vne fueille de Barda-
ne, qui neftoit moins large que larche du pont
de Monftrible , mais quand ie les veiz ainfi
bien couuers ie men allay a eulx rendre a la-
brit, ce que ie ne peuz tant ilz eftoient côme
lon dict au boult de laulne fault le drap ,
Doncques le mieulx que ie peuz montay par
deffus & cheminay bien deux lieues fus fa lan
gue, tant que ie entray dedans fa bouche ,
Mais o dieux & deeffes, que veiz ie la? Iuppi-
ter me confond de fa fouldre trifulque fi ien
més. Ie y chiminoys côme lon faict en Sophie
a Conftātinoble, & y veiz de grands rochiers
côme les mons des Dannoys ie croy que cé-
ftoient fes dentz, & de grands prez, de grādes
foreftz, de fortes & groffes villes non moins
grandes que Lyon ou Poictiers, Le premier

que y trouuay, ce fut vn bon hôme qui plan-
toit de schoulx, Dôt tout esbahy luy deman-
day. Mon amy que fais tu icy? Ie plâte (dist il)
des choulx. Et a quoy ny cômeut? dis ie? Ha
monsieur [dist il] chascun ne peut auoir les
couillôs aussi pesant qu'vn mortier, & ne pou-
uons estre tous riches. Ie gaigne ainsi ma vie,
& les porte vêdre au marche en la cite qui est
icy derriere. Iesus (dis ie) il ya icy vn nouueau
monde? Certes [dist il] il nest mie nouueau,
mais lon dist bien que hors dicy ya vne terre
neufue ou ilz ont & Soleil & Lune , & tout
plein de belles besongnes , mais cestuy cy est
plus ancien. Voire mais (dis ie) mon amy, com
ment a nom ceste ville ou tu porte vendre ces
choulx? Elle a (dict il) nom Aspharage, & sont
Chrestians, gens de bien , & vous feront grâde chere, Brief ie deliberay d'y aller.

Or en mon chemin ie trouuay vng côpai
gnon, qui tendoit aux pigeons, Auquel ie de-
manday. Mon amy dont vous viénent ces pigeons icy ? Syre [dist il] ilz viennent de l'aultre monde.

Lors ie pensay que quand Bringuenarilles basloit, les Pigeons a pleines volées en-
troyent dedans sa gorge, pensans que fust vng
colombier. Puis entray en la ville, laquelle ie

tro   belle, bien forte, & en bel air, mais à
lentree les portiers me demanderent mon bu
tillon, dequoy ie fuz fort esbahy, & leur de-
manday messieurs, y a il icy dangier de peste?

O seigneur, dirent ilz, lon se meurt icy aupres tant que le Chariot court par les rues.
Vray dieu [dis ie] & ou? A quoy me dirent
que cestoit en Caryngues & Pharingues, qui
sont deux grosses villes telles comme Rouen
& Nantes, riches & bien marchandes.
Et la cause de la peste a esté pour vne puante
& infecte exhalation qui est, sortie des abys-
mes depuis nagueres, dont ilz sont mors plus
de vingt a deux centz soixante mille & seize
personnes, despuis huyct iours.

Lors ie pense & calcule, & trouue que cestoit vne puante halaine qui estoit venue de le
stomach de Bringuenarilles.

De la partant passay entre les rochiers qui
estoyent ses dentz, & feis tant que ie montay
sus vne, & la trouuay les plus beaulx lieux
du monde, beaulx grands ieulx de paulme,
belles, Galleries, belles Praties, force vignes,
& vne infinité de Cassines à la mode Italic-
que par les champs pleins de delices, & la de-
mouray bien quatre moys & ne feis onc-
ques telle chere que pour lors.

¶ Puis defcendis par les dentz du derriere
pour venir aux baulieures, mais en paffant ie
fuz deftrouffé des brigans par vne grande foreft qui eft vers la partie des aureilles : Puis
trouuay vne petite bourgade ala deuallée, iay
oublie fon nom, ou ie feiz encores meilleure
chere que iamais, & gaignay quelq̃ peu d'argent pour viure. Scauez vous commétʒa dor
mir car lon loue les gens a iournée pour dor-
mir: & gaignent cinq & fix folz par iour, mais
ceulx qui ronflent bien fort gaignent bié fept
folz & demy. Et contois aux fenateurs comment on m'auoit deftrouffé par la vallee, lefquelz me dirét que pour tout vray les gensidᵉ
dela eftoient mal viuans & brigás de nature.
¶ A quoy ie congneu que ainfi comme nous
auons les côtrées de deca & de dela les môtz
auffi ont ilz deca & dela les détz. Mais il faiᶜt
beaucoup meilleur deca & y a meilleur air.
¶ La commencay penfer qu'il eft bien vray
ce que lon diᶜt, que lamoytié du monde ne
fcait comment l'autre vit. Veu que nul auoit
encores efcript de ce pais la auquel font plus
de xxv royaulmes habitez fans les defers, &
vng gros bras de mer, mais i'en ay compofé
vn grand liure intitule L'hiftoire des gorgias
car ainfi les ay ie nômez par ce qu'ilz demou

re, gorge de mõ maistre Bringuenarilles
¶ Finablement vouluz retourner, & paſſans
par ſa barbe me gettay ſus ſes eſpaulles, & de
la me deualle en terre & tumbe deuant luy.
Quand il me apperceut il me demanda. Dõt
viens tu Falourdin? Ie luy reſpond: de voſtre
gorge monſieur. Et deſpuis quãd y es tu? diſt
il, Depuis (dis ie) que vous alliez contre les
Almirodes Il y a (dict il) plus de ſix moys. Et
dequoy viuois tu? que beuuoys tu? Ie reſpõde
Seigneur de meſmes vous, & des plus frians
morceaulx qui paſſoiét par voſtre gorge i'en
prenois le barrage. Voire mais (dict il) ou
chioys tu? En voſtre gorge monſieur, dis ie.
Ha, ha, tu es gentil compaignon (diſt il) Nous
auons auecques l'ayde de Dieu cõqueſte tout
le pays des Dipſodes, ie te donne la chatel-
lenie, de Salmigondin. Grand mercy (dis ie)
Monſieur, vous me faictes du bien plus que
n'ay deſeruy enuers vous.

Comment Bringuenarilles feut
malade: & la facon comment
il guerit.

Eu de temps apres le bon Bringuenarilles tomba malade , & feut tant prins de
l'eſtomach qu'il ne pouuoit boyre ny mã
ger,& par ce qu'vn malheur ne vient iamais
feul luy print vne piſſe chaulde qui le tormen
ta plus que ne penſeriez, mais ſes medecins le
ſecoureurent & treſbien auecques force de
drogues lenitiues & diureticques le feirent
piſſer ſon malheur,Son vrine tant eſtoit chaul
de que depuis ce temps la elle neſt encores
refroydie. Et en auez en France en diuers
lieux ſelon qu'elle print ſon cours & lon l'ap
pelle les bains chauldz,comme
A Coderctz:
A Limons,
A Daſt:

A   ...ic.
A Neric.
A Bourbonnenſy: & ailleurs.
En Italie.
A Mons grot.
A appone.
A ſancto Petro dy Paduas
A ſaincte Helene:
A Caſa noua.
A ſancto Bartholomeo:
En la conté de Boulongne:
A la Porette: & mille aultres lieux.
Et meſbahis grãdemét d'vn tas de folz philo-
ſophes & medecins: qui perdent téps a diſpu
ter dõt viét la chaleur dē ceſdictes eaulx: ou ſi
c'eſt à cauſe du Baurach, ou du Soulphre : ou
de L'allun ou du Salpeſtre qui eſt dedans la
miniere: car il ne y ſont q̃ rauaſſer: & mieulx
leur vauldroit ſe aller froter le cul au pani-
cault que de perdre áinſi le temps a diſputer
de ce dõt ilz ne ſcauét lorigine. Car la reſolu
tiõ eſt aiſée & n'en fault enqueſter d'aduantage: que leſditz bains ſont chaulx par ce que
ilz ſont yſſus par vne chaulde piſſe du bon
Bringuenarilles. Or pour vous dire comment il gueriſt de ſon mal principal ie l'aiſ-
ſe icy comment pour vne minoratius il prinſ

Quatre quintaulx de Scammonnes Ci   no
niacque, Six vingtz & dixhuyt charrettées de
Casse, Vnze mille neuf centz liures de Reu-
barbe sans les aultres barbouillemens,

I l vous fault entendre que par le conseil
des medicins feut decreté qu'on osteroit ce
que luy faisoit le mal a lestomach .
Pour ce lon feist , dixsept grosses pommes de
Cuyure plus grosses que celle qui est a Rom-
me a laguille de Virgille, en telle facon quon
les ouuroit par le mylieu & fermoit a vng
ressort En lune entra vng de ses gens portant
vne Lanterne & flambeau allumè .
Et ainsi laualla Bringuenarilles comme vne
petite pillule.

En cinq aultres entrerent troys payzans,
chascun ayant vne passe à son col .

En sept autres entrerent sept porteurs de
cou stretz chascun ayant vne corbeille a son
col, Et ainsi furent auallez comme pillules .
Quand furèt en l'estomach chascun deffitson
ressort & sortirent de leurs cabanes , & premier celuy qui portoit la Lanterne , & ainsi
cheurent plus de demye lieue en vng Goul-
phre horrible , puant & infaict plus que Me-
phitis ,ny le palus Camarine , duquel lescript
Strabo , Et neust este qu'ilz estoient tresbien

nomme la caboche)il y fuſſent fuſ
& eſtainctz de ces vapeurs abhomi-
nab. ... O quel parfum ? O quel vaporament,
pour embrener Touretz de nez a ieunes gua-
loyſes Apres en tatonnant & fleuretãt appro-
cherent de la matiere fecule & de humeurs
corrumpues . Finablement trouuerent vne
montioye dordure,lors les pionniers frappe-
rent fus pour la deſrocher & les aultres auecques leurs paſles en emplirent les Corbeilles,
& quand tout fut bien nettoye, chaſcun ſe re
tira en ſa pomme. Ce faict Bringuenarilles ſe
par force de rendre ſa gorge , & facillement
les miſt dehors,& ne monſtroyent en ſa gorge en plus qu'vn pet en la voſtre, & la ſortirẽt
hors de leurs pillules ioyeuſement,I l me ſou
uenoit quand les Gregoys ſortirent du cheual
en Troye . Et par ce moyen fut guery & re-
duict à ſa premiere conualeſcence.
Et de ces pillules darin en auezvne a Orleans
ſus le clochier de legliſe de ſaincte Croix.

Commẽt le vaillant Bringuenaril-les fut au bout des nues ou ſont les grans geans.

L E capitaine Bringuenarilles empõgna ſa
maſſe & la miſt ſur ſõ col puis ſe miſt a
trauerſer par la mer & ſé vint a ſainct ma

lo de lifle puis paſſa bretaigne & ſen la
val ou ſe voullut vng peu repoſer ſur v   gros
boulleuert qui eſtoit la ce qu'il fiſt & en ce re
poſát apperceut deux grãs clochiers dót lúg
eſtoit biê gros & biê lóg il ſe pêſa q̃ ceſtuy fe
roit vng eſtuy pour mertre ſa maſſe & de lau
tre qui eſtoit tout de plób il en feroit vng ſif
ffet a la mode de ceulx qu'il auoit veuz au
mont ſainƈt michel , Puis quãt il fut dedãs la
ville il va meſurer ſadiƈte maſſe cótre le grát
clochier de la trinite leq̃l eſt eſtime lung des
grãs & haultz clochiers de Frãce & dit q̃ ce
ſtoit propremét ſó cas: puis levoullut arracher
& pareillemét lautre q eſt a ſainƈt rugal, mais
le ſeigñr de la ville les chanoines, marchás , &
bourgeoys de la ville vindrét par deuersluy
le prier q̃ ſon bó plaiſir fuſt ne leur faire ceſte
iniure & qu'ilz luy feroyét quelq̃ pñt hóneſte
ce q̃ facillement leur accorda pour lamour du
ſeigñr qu'il auoit aultreſſoys veu chez le bon
roy artus, & pour le preſét luy dónerét quinze
mil aulnes de toille de lin dót il fiſt faire vne
douzaine de mouſchouers pource qu'il ne luy
failloit point de chemiſe car le roy Artus l'en
auoit faiƈt fournir & pareillemét de tous aul
tres habitz il print ladiƈte toille & la miſt de
dans vng des bourſons de ſa gibbeciere , Puis

ᵃ s'en va passer a Rõme & dit qu'il fe-
g pet pour la mulle du pape, Mais quāt
lon s at sa venue lon ferma les portes de la
ville ce voyant qu'il n'y pouoit entrer par a-
mour il abbatit vne grāt partie des murailles
& la moytie du capitolle puis ce faict s'en al
la a naples puis en cecille par syrie iusques au
mont de Snay ou il parla a des religieux les
quelz luy enseignerent la montaigne noire,
alors il auoit grand fain pour cause du grād
chemin qu'il auoit faict mais les pauures reli
gieulx n'auoyent que menger. Alors leur demanda s'il y auoit nulles bestes pres de ce lieu
fauluaiges ou aultres, vng des religieux luy
dist il y en a assez & trop comme lyons ours
tygres, pātheres, liepars, cerfz sangliers, &
d'aultre part ya grāt quantité de griffons les
quelz sont fort dangereux & nous font du
mal beaulcoup, Tout subit ledit Bringuenarilles leur dict qu'il en cheuiroit bien, lors
denalla de l'aultre coste de ladicte montaigne ou il trouua de toutes sortes de bestes
fauluaiges au cõmécemét deux grans griffons
vindrēt voller par dessus luy lesquelz luy firēt
tumber son bonnet par terre. Quand il les
apperceut il haulsa sa massue & les mist en
deux pieces, d'vng aultre coup il tua.xvii.lyõs

xv. liepars. xiii. loups. xi. ours. ix b.
gres, & deux grans serpás dót il se
bien & a son aise, Et laissa le resid
religieux du mót de sinay en prení
d'eulx. Puis s'achemina pour aller droiɛt a
mó taigne noire ou sont. xvii. grás geás lesɋ
de iour en iour attédét lesgout des nues. &
mét toutes les eaues car sans eulx tout le m.
de seroit noye, ledit Bringuenarilles feist tát
par ses iournées qu'il arriua a ladiɛte mótaigne a son ariuée il s'approcha d'eulx & les
contépla bié lóguemét car il estoit tout esbahy de les veoir ainsi tous xvii acouldez sur le
hault de la mótaigne laquelle a plus de troys
cens cinquáte lieues de hault & la sont atta-
chez les boutz de toutes les goustieres des
nues a l'heure que la deesse iris a tendu son
arc au ciel quant les nues boiuent en la mer
puis quant elles sont bié pleines lesdiɛtz geás
qui sont la ayent tous la gueulle bèe hument
quasi tout & le reste qu'il n'ont loisir de hu-
mer tumbe sur nous & croyez ɋ cest la p'uie
que nous voyons & bien souuent quád il ne
pleut point en ce pays c'est quád lesditz geás
ont grand soif & qu'ilz boiuent seul.

F I N.

9 782019 925925